〖中华诗词存稿·名家专辑〗
中华诗词学会 编

诗树之秋 上集

诗词作品

李树喜 著

中国书籍出版社
China Book Press

图书在版编目（CIP）数据

诗树之秋 . 上集 / 李树喜著 . —— 北京：中国书籍出版社，2023.9
　ISBN 978-7-5068-9571-2

　Ⅰ . ①诗… Ⅱ . ①李… Ⅲ . ①诗集—中国—当代 Ⅳ . ① I227

中国国家版本馆 CIP 数据核字 (2023) 第 180944 号

诗树之秋（上集）诗词作品

李树喜 著

责任编辑	吴化强	
责任印制	孙马飞　马　芝	
封面设计	采薇阁	
出版发行	中国书籍出版社	
地　　址	北京市丰台区三路居路 97 号（邮编：100073）	
电　　话	(010) 52257143（总编室）　(010) 52257153（发行部）	
电子邮箱	chinabp@vip.sina.com	
经　　销	全国新华书店	
印　　刷	北京虎彩文化传播有限公司	
开　　本	710 毫米 ×1000 毫米　1/16	
字　　数	1152 千字	
印　　张	62	
版　　次	2023 年 9 月第 1 版　2023 年 9 月第 1 次印刷	
书　　号	ISBN 978-7-5068-9571-2	
定　　价	180.00 元（全 2 册）	

版权所有　翻印必究

作者简介

李树喜，河北省安平县人，1969年毕业于北京大学历史系。光明日报出版社原社长兼总编辑。作家、高级记者、人才学与历史学者。曾任中华诗词学会第三、四届副会长，中国毛泽东诗词研究会副会长。1985年加入中国作家协会。著有《中国人才史》多卷；报告文学集《流浪汉之歌》《沉甸甸的人生》《阿波丸之谜》等；诗词著作《杂花树》《李树喜诗词三百首》《诗词之树》《诗海观潮》《"文革"诗词评注》等凡三十种。

诗词创作外，有诗论、诗话多种。2012年12月26日在光明日报"光明讲坛"发表《中华诗词的时代精神》，最早提出并阐释诗词是"中华传统文化的基因"概念。2013年和2015年两度应邀赴美，在纽约诗词学会和石溪大学举办专题诗词讲座。

诗词主张："删繁就简，持正出新。"

2015年获"诗词中国"最有影响力诗人奖。

收藏家，联合国教科文组织2014年度"中国文物保护金奖"获得者。

作者近照

和刘征老在一起

榆林袁家沟 - 毛泽东写《沁园春·雪》的地方

纽约诗词学会名誉会长

与外孙女张子今

与夫人在颐和园

在江西考察元青花

在阳关研讨会上

沙湖边 　　　　　　　　　　大漠诗情

当涂谒李白墓

在黄山主持元瓷讨论会

赴纽约石溪大学讲座诗词

和吾爱网同仁

和闽清山区孩子们

诗词中国终审评委

春橙荻绿未揩匀　雨洗风
梳变幻频　道是重阳颜色
好　不知自己亦秋深

立美重阳诗于乙未秋　李树书

水抱山环尚忘机钓鱼城上觉锋晖临江作中庸论元宗兴亡无是非

小诗钓鱼城夕照

傅陵寿梓喜书

题合川钓鱼城

自 序

这部《诗树之秋——李树喜诗词选》，是笔者的第六部诗集。为了衔接，除纳入了2014至2016年"一树三秋"选篇外，主要内容是2017年至2022年的诗作。依"春夏秋冬"顺序排列。古稀之年，暮秋之季，除有"秋实"的收获之外，依然有些小花绽放，吾曾有诗句云"三冬过硬春偏软，还是秋光更可人"。故以《诗树之秋》命之。

袁枚说过"人老莫作诗"（见《随园诗话》卷12），但他没有停笔；我逾古稀，亦握笔不辍，禁忌无多。观潮流，怀大众，写性情。兴观群怨，实话诗说，持正出新。至于是否成功，自有读者的慧眼和历史的评判。

我是诗词写作者（含旧体与新诗），又是诗海观潮人。诗词，是将丰富的社会生活提炼、概括、韵律化，是简约的艺术。从诗词长河看，这种品性至唐代达到了一个极致、一座高峰。就近体诗而论，其格式要求亦即格律并非复杂。诗是灵性的艺术，格律也是约定俗成，没有什么绝对的铁律。唐宋诗词，约而不拘，故而繁荣；清人沈德潜编《唐诗别裁》（收诗1928首），一般认为是《唐诗三百首》的母本。沈德潜的诗论被认为是保守和复古的，但他却肯定和赞扬"出格"，并且在"凡例"中说："然所谓法者，行所不得不行，止所不得不止。若泥定此处应如何，彼处应如何，则死法矣！试看天地间，水流自行，云生自起，何处更著得死法！"沈德潜尚不拘泥，后人何必固守"死法"！但明清之际，理论研究渐盛，而对"规矩"愈加演绎、发挥和细化以致画蛇添足，以致出现芜杂的理论和禁忌，这就是王渔洋、赵执信、李汝襄、董文焕诸家，在"诗体完备"的幌子下，将唐宋所不讲的戒条，五花八门的"拗救"，包括三平调、三仄尾、还有孤平，甚至把南朝沈约等只曾提出、自己也没当真实行的"四声八病"抬了出来。这既非诗之正统，也非现实需要。由于他们的影响，使得诗词格式愈到后世，愈见禁忌和僵化，活力与空间愈被束缚。现代的诗词发表和赛事中，稍有一字出律的，哪怕再有创意也被淘汰。纵览诗史，那行于天地之间、畅流赴海、活跃多姿的溪流江河，已被堤坝、水库、电站、淤泥约束阻抑，滞胀僵化，"令诗不得开心颜"。故尔，溯源流，去繁冗，适度松绑，实乃诗词延展流脉、实现繁荣之要义。且非惟言者，吾亦努力践行之。

至此，将近年诗词作品（含少量新诗）与诗论、诗话及"格律新编"一并纳入，分为上下册。便于读者窥得全豹也。

是为序。

作者

2023 年春 于云闲斋

目 录

作者简介 ·· 1
自　序 ·· 1

一编　一树三秋

弁　言 ·· 3
怀李白 ·· 5
访美讲座诗草（2013年10月）······················ 5
　　重到纽约 ······································ 5
　　过关检查 ······································ 6
　　在美自嘲 ······································ 6
　　旧历九月初六生辰在美东部不免思念家人 ········ 6
又到重庆组诗（2013年11月）······················ 6
　　其一　嘉陵江畔 ································ 6
　　其二　江水春秋 ································ 7
黄鹤楼（2016年6月）······························ 7
诗名不副 ·· 7
江山诗（在浙江江山市，有江郎山）················ 7
　　其一 ·· 7
　　其二 ·· 8
马年感怀（在浦东）································ 8
　　七律 ·· 8

绝句	8
阳关引·雨登华山	8
一担云·华山顶（自度曲）	9
鹧鸪天·羊年打油	9
咏史诗自嘲	9
过潍坊怀郑板桥	10
念奴娇·东坡赤壁怀古	10
秋树	10
秋日怀高立元将军	10
吴江震泽小镇	11
莫干山仙人洞	11
玉楼春·冬日无题	11
西江月·冬日	12
浣溪沙（岁末居浦东）	12
雾霾天气二首	12
盼寒流	12
霾聚散	12
沁园春与诗史（写于延安）	13
丽水词	13
在醉	13
菩萨蛮·送宝军之宿州挂职	14
科尔沁草原组诗（2015年8月）	14
草原	14
塞上	14
草原忆翦伯赞大师	15
草原观赛马	15
孝庄故里	15

目 录

- 浣溪沙·今古 ... 15
- 北戴河诗草（2015年8月） ... 16
- 北戴河海滨清洁工 ... 16
- 又访美讲座诗（2015年10月） ... 16
  - 纽约行走 ... 16
  - 又近重阳 ... 17
  - 纽约夜作 ... 17
  - 诗瓷访美 ... 17
  - 重阳寄远（时在美加边界） ... 17
- 三峡组诗 ... 18
  - 过丰都 ... 18
  - 怀李白 ... 18
  - 泸州印象 ... 18
- 海南环岛行（2015年） ... 18
- 到儋州 ... 19
- 海棠湾 ... 19
- 南天一柱 ... 19
- 海口五公祠 ... 19
- 猴年二则 ... 20
- 徐州二胡展览馆别调 ... 20
- 题淮阴法院天平诗社 ... 20
- 鹧鸪天·戏马台 ... 21
- 鸿影与汉中组诗 ... 21
  - 汉中 ... 21
  - 减兰一 ... 21
  - 减兰二 ... 21
  - 卜算子 ... 22

卜算子 …………………………………… 22
　　生查子 …………………………………… 22
　　蝶恋花 …………………………………… 22
　　西江月 …………………………………… 22
　　山花子 …………………………………… 23
　　临江仙 …………………………………… 23
　　蝶恋花 …………………………………… 23
　　步韵（平湖乐）………………………… 23
　　惊蛰日题 ………………………………… 24
卜算子·野梅 ………………………………… 24
盘锦红海滩 …………………………………… 24
冬夜读史 ……………………………………… 24
谁将 …………………………………………… 25
兰亭句二则 …………………………………… 25
　　其一 ……………………………………… 25
　　其二 ……………………………………… 25
山水武宁 ……………………………………… 26
9.3 阅兵 ……………………………………… 26
五律·大洪水 ………………………………… 26
长崎二则 ……………………………………… 26
　　忘却 ……………………………………… 26
　　莫忘 ……………………………………… 27
秋怀·调寄思佳客 …………………………… 27
访邯郸广府古城酬诗友 ……………………… 27
岳阳楼感怀 …………………………………… 27
五律·致友人 ………………………………… 28
鹧鸪天·北固楼（丙申冬）………………… 28

题西津渡 ································· 28
刘征童年诗及唱和 ························ 29
大悟与"不悟"（2015年6月）············· 29
  （一）悟非悟 ························· 29
  （二）毒花山 ························· 30
"诗词中国"终评记事 二则（2015年6月）··· 30
"五一"风雨聚会 ·························· 30
  弃伞 ································ 30
我家海棠组诗（2015年4月）··············· 31
  （一）真香 ························· 31
  （二）守土 ························· 31
  （三）村居 ························· 31
  （四）战沙尘 ······················· 31
吾家草庐 ································ 31
振兴诗词步韵马凯先生（2015秋）··········· 32
  其一 ································ 32
  其二 ································ 32
冰海逃生记（2016年1月）················· 32
岁末减兰 ································ 33
新年三唱（2015年12月）··················· 33
  无题 ································ 33
  时光 ································ 33
  望树 ································ 33
棋子湾歌（外二首）······················· 34
  棋湾观潮 ···························· 34
  冬到昌江 ···························· 34
沁园春·大雪戏题（外一首）··············· 35

浣溪沙·北方雪 ……………………………………… 35
沁园春·小雪日下大雪 …………………………… 35

酒城泸州诗（2015年10月）……………………………… 36
    其一 ……………………………………………………… 36
    其二 ……………………………………………………… 36
    其三 ……………………………………………………… 36

七律 医院印象 ……………………………………………… 36

中国旅游日组诗（2016年5月）………………………… 37
    徐霞客二首 …………………………………………… 37
    其一 ……………………………………………………… 37
    其二 ……………………………………………………… 37
    前童旧宅燕巢 ………………………………………… 37
    诗人聚会 ……………………………………………… 37

梦境九章 ……………………………………………………… 38
    序梦 ……………………………………………………… 38
    斗室 ……………………………………………………… 38
    跳跃 ……………………………………………………… 38
    险境 ……………………………………………………… 38
    轰炸 ……………………………………………………… 39
    外祖 ……………………………………………………… 39
    出游 ……………………………………………………… 39
    花轿 ……………………………………………………… 39
    归家 ……………………………………………………… 39

清明竹枝词四则（2016年）……………………………… 40

春词二则和友人（2016年3月19日）…………………… 41
    咏柳和恭震 …………………………………………… 41
    清平乐·和秋叶 ……………………………………… 41

我续"两壶酒"（2016年3月10日）······ 41
    其一······ 41
    其二······ 42
春信······ 42
2016年遂昌采风······ 42
    怀遂昌令汤显祖······ 42
    爱情剧······ 42
    牡丹梦······ 42
    怀汤公······ 43
皂罗袍·步汤公韵······ 43
广西玉林行（2016年9月）······ 43
    为容县题联······ 43
    五彩田园汉荣兄赐酒······ 43
谒王力先生故居······ 44
中秋农家诗（2016年9月）······ 44
秋兴······ 44
淮阴怀古 组诗（2016年9月）······ 44
    清江古码头······ 44
    韩信三首······ 45
秋之思（2016年9月）······ 45
浣溪沙·为上海滩宴谢秋叶······ 45
遵义诗踪······ 46
    绥阳大地缝······ 46
    山境······ 46
    泉源······ 46
怀念孙犁二首······ 47
    荷花淀的怀念······ 47

滹沱河怀孙犁 ·· 47
闻英国脱欧 ·· 47
金山寺二首 ·· 48
沪上友聚 时值台风 ··· 48
    浦江风雨词 ·· 48
        （一）误韵 ·· 48
        （二）正韵 ·· 49
    自嘲 ·· 49
致青年诗人（外一首） ····································· 49
    致青年诗人 ·· 49
    五律•致秋叶 ··· 49
重阳诗草（于辽宁红海滩） ······························ 50
    红海滩 ·· 50
    秋潮 ·· 50
    红浅（今年水大，红滩萧疏） ······················ 50
    寄远 ·· 50
湖南攸县丙申学术研讨会（以元曲名家冯子振为副题）··· 50
    其一 怀冯子振 ··· 50
    其二 论奖 ·· 51
附 东坡赤壁之后赋 ··· 51

二编 诗潮秋语

大理组诗（丁酉元月） ····································· 55
    宿洱海看诗词大会 ······································· 55
    偶题 ·· 55
    赛佛 ·· 55

世相	55
吊霍松林老（2017 春节）	55
关于"属鸡"怀霍松林老	56
阙题	56
贺梅诗	56
别桃园二首	57
春日报国寺	57
赠马力	57
秋叶招聚 短歌以酬（正月十四）	58
鹧鸪天·和恭震	58
题民间收藏大展	58
夜深读史	58
清明寄友	59
华冠商场关闭	59
清明雨	59
题刘世琼大姐诗文	59
小红女史自西藏寄酒 谢之	60
宜春与温泉（3月23日）	60
其一　访明月山	60
其二　宜春随感	60
泡足池（江西宜春）	61
奇诡	61
桃花曲	61
七律·自嘲致广训同学（5月22日）	61
春思	61
野三关组诗（2017年3月）	62
口号	62

绝壁天河	62
野三关颂	62
访土司城	63
晤老友刘礼鹏	63
鸡年又到宿州	63
谢童震勇兄赠荔枝王	63
赠元华女史	63
采风行	64
虞姬断想	64
在磁州作（2017年6月8—10日）	64
住磁县嵩景楼宾馆 时农历五月十五	64
梅叶	64
鹧鸪天·夏日梅园	65
兰陵王墓二首	65
其一	65
其二	65
野草花系列	66
绿草吟	66
绿草	66
虫草	66
雪莲	66
荠菜	66
喇叭花	67
车前子	67
背阴花	67
草色	67
本色	67

涿鹿诗聚（8月）	67
问鹿	68
到鸡鸣驿	68
访鸡鸣驿	68
"三祖堂"怀古	68
"炎黄大战"	69
其一	69
其二	69
博陵老家拾句（2017年8月26日）	69
博陵文化酒	69
诗词苑	69
桃花园	70
斯里兰卡十日（7月）	70
题记	70
坎德拉玛日暮	70
冲天海贝杉	70
公母椰树	70
菩萨蛮·避暑斯里兰卡	71
菩萨蛮·拜佛	71
锡岛木桩钓鱼	71
锡兰对浪	71
女皇温泉（女皇武则天故居在广元）	72
女皇乡情	72
赴昆山诗会	72
昆山印象	72
昆山秋意	73
苏州博物馆三题	73

展览	73
精瓷	73
联想	73
宿昆山	74
顾炎武故居	74
千灯镇	74
致秋叶说退休	74
小恙呕吐	75
浦城采风组诗（2017年9月27日）	75
九龙桂	75
浦城行走	75
际岭田家	75
大水口山村二首	76
七律	76
绝句	76
丹桂花叹	76
诗人之会	76
浦城印象	77
肇东秋分诗草	77
第一峰戏题	77
湿地所见	77
秋分访八里城	77
肇东行走	78
古寺偶题	78
红色二首	78
秋草	78
中秋月	79

南乡子·重阳	79
中秋感怀	79
偶得	79
日出	80
初秋夜雨	80
秋来自嘲	80
七夕	80
老同事聚会有感	81
赞敢峰	81
致秋叶	81
老树自嘲	81
客中	82
答马力女史	82
河西走廊组诗（10月）	82
凉州词一	82
凉州词二	82
兰州秋雪	83
登峰漫题	83
望秋	83
登花驼岭和同振兄	83
泸州诗酒歌（11月）	84
访桃江及岳阳组诗	84
又登岳阳楼	84
浣溪沙·桃江	84
浮邱山寺赠明仁大师	85
访飞水岩	85
桃江竹枝词四首	85

登屈子钓台 ································· 85
　　　入竹海 ····································· 85
　　　观竹楼 ····································· 86
　　　桃江曲 ····································· 86
走桃江 ··· 86
古今 ··· 86
再访遵义组诗（2017年11月）················· 87
　　　遵义秋 ····································· 87
　　　娄山关 ····································· 87
　　　茅台打油 ································· 87
　　　会议旧址 ································· 87
海龙屯（原为土司杨氏盘踞地）··············· 87
海龙屯诗和葆国先生 ························· 88
谒柳州"柳侯祠" ······························ 88
　　　谒柳侯祠之一 ···························· 88
　　　之二 ······································ 89
三江侗乡"风雨桥" ···························· 89
　　　题风雨桥 ································· 89
　　　酒中对歌 ································· 89
　　　夜宿侗楼 ································· 89
鹿寨三日 ······································ 90
　　　鹿寨行 ···································· 90
　　　大瑶山 ···································· 90
鸡年词选 ······································ 91
菩萨蛮（初放）································ 91
菩萨蛮（开过）································ 91
卜算子·野梅 ·································· 91

鹧鸪天·鸡年浦东	91
浣溪沙·黑暗	92
水龙吟·为中华诗词和梅翁	92
安排令·命与运	92
鸡年绝句选	93
梅之叶	93
日出	93
七夕	93
科技畅想	93
偶得	93
又登岳阳楼	94
题范仲淹先生像	94
春来茶馆	94
弃笔词	94
霾又来	95
梅信	95
雪之思	95
问雪	95
答友人	95
寒食邯郸道诗草（戊戌清明）	96
又登邯郸丛台	96
梨花	96
建安	96
偶得	97
风中	97
漳河怀古	97
三曹故地	97

题学新会长置酒	97
偶题	98
煤矿工人礼赞	98
峰峰	98
响堂村印象	98
清明蓟州梨花节（戊戌春）	99
大野梨花	99
梨木台	99
墓群	99
独赏	99
西江月·蓟州行	100
梨之果	100
洛阳关林诗（4月24—28日）	100
关公盛会	100
塔与花	100
女皇宫	101
戊戌暮春西安行（2018年4月20日）	101
过城南庄怀崔护	101
"诗茶之约"次韵谢苦竹先生	101
酬安儿秦腔	102
题"诗茶之约"群	102
减兰·石榴花	102
减兰·和友人咏石榴花	102
江西上饶二山（5月10日）	103
登高	103
遥望	103
诗心	103

三清山	103
心境	104
萧县采风组诗（五月中旬）	104
山谷皇藏洞三首	104
其一	104
其二	104
其三	104
题萧县园盛园	105
"青花"与"黄山"的接合	105
再访桃花潭	106
青莲祠	106
汪伦祠	106
马鞍山与采石矶	106
马鞍山到当涂	106
三元洞怀李白	107
捉月台	107
念奴娇·当涂谒李白墓	107
题徐书义先生《鬼谷风云》	107
戊戌诗人节（在荆州）	108
口号	108
荆州印象	108
诗人节 二首	108
古城	109
望远	109
南欧行诗草（七月 值足球世界杯）	109
欧洲行	109
西行偶得	109

  西班牙观足球大战 …………………………… 110
  塞万提斯塑像 ………………………………… 110
  过皇马足球场 ………………………………… 110
  南欧断想 ……………………………………… 111
  毛驴小镇米哈斯 ……………………………… 111
  访斗牛起源地龙达 …………………………… 111
  看球自嘲（7月13日晨）…………………… 111
  有感 …………………………………………… 111
  足球缺席 ……………………………………… 112

羊城讲学 诗与竹枝词（7月15日）……………… 112
  珠江夜色 ……………………………………… 112
  江船观剧 ……………………………………… 112
  小蛮腰留影 …………………………………… 112
  向往黑暗 ……………………………………… 112
  羊城苏氏晴川祠怀东坡 ……………………… 113
  弄影女史南下二十年题赠 …………………… 113

广州说诗二首 ……………………………………… 113

和羊城友人"行人由此去"句 …………………… 114

诗篚 ………………………………………………… 114

夏日未名湖 ………………………………………… 114

访涿州市博物馆 …………………………………… 115

破网 ………………………………………………… 115

长白通化行（2018年9月15—18日）…………… 115
  诗阵 …………………………………………… 115
  青山 …………………………………………… 115
  有怀 …………………………………………… 116
  古国 …………………………………………… 116

太王碑·· 116
高句丽遗址步琴台女史韵················· 116
附琴台女士原韵··························· 116
桓仁五女山·································· 117
纪辽东······································· 117

山松·· 117

文物觅踪······································ 117

贺"秋叶红唇"大奖赛三阕·················· 118
（一）清平乐·枫叶红唇················· 118
（二）西江月·红舟······················ 118
（三）西江月·等待······················ 118

立秋日··· 118

分韵得"对"字································· 119

西行青海湖（8月16—22日）············· 119
慢车小站记停······························ 119
八月油菜花································· 119
登祁连卓尔山······························ 119
湖思··· 120
问海··· 120

黄河龙门组诗（10月6—10日）············ 120
再登鹳雀楼································· 120
谒史迁墓···································· 120
见闻··· 121
瀑布··· 121
吴玉浮桥渡口······························ 121
过龙门怀太史公··························· 121

"跳龙门"戏题二首··························· 121

　　　　其一 ································· 121
　　　　其二 ································· 122
太湖县赵朴老三赞 ······················· 122
太湖朴初故里（调寄浣溪沙） ··········· 123
题安徽电视台人面桃花剧 ················ 123
大雪日记 ································· 123
　　　　题雪图 ······························ 123
　　　　雪颜色 ······························ 123
　　　　无雪吟 ······························ 124
　　　　冬山 ································ 124
丘处机劝成吉思汗"止杀"（2018冬） ····· 124
初心的故事 ······························ 125
岁末乱弹 ································· 125
菩萨蛮·岁末南行 ······················· 125
也赞苔花（外一首） ····················· 126
春野 ····································· 126
小园梅语 ································· 126
有感2018胡润财富榜马化腾马云名列前茅 ··· 126
人日随想与打油 ························· 127
随想 ····································· 127
初夕夜得句 ······························ 127
外一首 ··································· 127
卜算子·身边 ···························· 128
舟山"不肯渡"观音 ····················· 128
代灶王爷"汇报提纲" ·················· 128
怀念阳早 寒春 ·························· 128
卜算子·窗外梅景 ······················· 129

冰上颐和园 …………………………………… 129
　　讲史 ……………………………………… 129
　　湖上 ……………………………………… 129
带小学生走京城 ……………………………… 130
　　观窄巷 …………………………………… 130
　　颐和园 …………………………………… 130
《题喜马拉雅山脉》唱和 …………………… 130
吾睡梦初醒，和以短句 ……………………… 130
偶得 …………………………………………… 131
浣溪沙·致友 ………………………………… 131
流浪猎犬 ……………………………………… 131
浣溪沙·狗年打油 …………………………… 131
不战 …………………………………………… 131
戊戌狗年戏题 ………………………………… 132
梅信 …………………………………………… 132
霾又来 ………………………………………… 132
无雪有歌者三 ………………………………… 132
　　雪之思 …………………………………… 132
　　花之秘 …………………………………… 133
　　人之情 …………………………………… 133
问雪 …………………………………………… 133
孤独 …………………………………………… 133
无叶 …………………………………………… 133
问梅 …………………………………………… 134
元旦二首 ……………………………………… 134
　　（一）读宝军词 ………………………… 134
　　（二）岁末 ……………………………… 134

拾句	134
自嘲自描	135
偶得	135
偶得	135
踏莎行·题老同事照片	135
枫桥	136
重阳偶得	136
醉眼望猪年	136
末伏漫语	136
霾天打油二则	137
为"思脉万年土"题赞	137
戊戌立秋	137
题达尔先生自种田	137
鹧鸪天·北郊木材厂友聚缺席有寄	138
立秋漫语	138
梦里归乡	138
浣溪沙·邯郸诗词协会三十年致贺	138
浣溪沙·重阳	139
霜降偶题	139
其一　寒暖	139
其二　赏看五彩元瓷	139
怀念金庸大师	139
初冬	140
夜聚沔阳厅小记	140
小重山·年终和陈君	140
附　陈其良和词　次韵李君树喜	141
山树	141

为欣淼会长病中诗所感，漫成一律为赠 …………… 141
岁末新闻眼 二首 …………………………………… 142
 菩萨蛮•嫦娥四号 ……………………………… 142
 蝶恋花•岁初新闻眼 …………………………… 142
西江月•致了凡诸友（以帝王蟹为题）…………… 143
 其一 ……………………………………………… 143
 其二 ……………………………………………… 143
 其三 ……………………………………………… 143
了凡忙（清平乐）…………………………………… 144
对镜 打油一组 ……………………………………… 144
 清平乐•照镜 …………………………………… 144
 清平乐•剃发对镜 ……………………………… 144
 菩萨蛮•老伴双照镜 …………………………… 144
 如梦令•对镜者 ………………………………… 145
换岁回首 ……………………………………………… 145
己亥末望梅（在浦东）……………………………… 145
 一 ………………………………………………… 145
 二 新梅 …………………………………… 146
 三 梅邻 …………………………………… 146
 四 大梅 …………………………………… 146
 五 题雪芳女史所照梅与月 ……………… 146
 对梅 ……………………………………………… 146
浦东初雪 ……………………………………………… 147
答友人邀请函 ………………………………………… 147
醉眼望猪年 …………………………………………… 147
深山幽居戏题 ………………………………………… 147
幽默诗 金猪怨词 …………………………………… 148

生查子·雪夜思 …… 148
题小学生张子今画作 …… 148
过山寺侧 …… 149
偶得 …… 149
木渎雨中 …… 149
住木渎客栈时夜静如水 …… 149
小镇多歧 …… 150
弃花吟 …… 150
好色 …… 150
京城雪讯 …… 150
访召稼楼（在浦东）…… 151
七十寿辰赠岫芳 …… 151
  附 岫芳诗 …… 151
生日步韵和树喜（2019年3月2日）…… 151
古酒新尝 …… 152
步葆国韵敬挽蔡厚示老人 …… 152
惊蛰偶记 …… 152
乘高铁见油菜花 …… 152
春日拜访刘征诗翁 …… 153
谒前门云居胡同（3月17日）…… 153
清明漫语 …… 154
清明 …… 154
清明语 …… 154
花树下 …… 154
庭中大树 …… 155
俺的同桌（外一首）…… 155
记得 …… 155

夏夜听蝉 二则 …………………………………… 155
为"五星红旗"设计者诗 ……………………… 156
半岁词 ……………………………………………… 156
醒悟与糊涂 ………………………………………… 156
致西域草原友 ……………………………………… 157
巴尔干行草（2019年6月） ……………………… 157
致白帝城诗人节大会（6月12日出游，未与会） …… 157
讽欧洲入厕难 ……………………………………… 157
捷克白堡"人骨教堂"（调寄清平乐） …………… 158
到萨拉热窝 ………………………………………… 158
贝尔格莱德怀念许杏虎、朱颖 …………………… 158
印象 ………………………………………………… 159
亚德里亚海游水之畅想 …………………………… 159
后记 ………………………………………………… 159
承德 行走（6月1日） …………………………… 160
避暑有感 …………………………………………… 160
八庙人文 …………………………………………… 160
己亥大暑七夕组诗 ………………………………… 161
    雨中七夕得句 ………………………………… 161
    七夕天问 ……………………………………… 161
    寺庙 …………………………………………… 161
家书 ………………………………………………… 161
大足自度曲（记于2019年7月7日） …………… 162
己亥夏日井陉诗草 ………………………………… 162
    太行新路 ……………………………………… 162
    又到苍岩山 …………………………………… 162
    过井陉古战场 ………………………………… 162

登娘子关（传为唐太宗三姐平阳公主所镇守关隘） 163
　　仙台山夜宿 163
　　大梁江与大槐树（大梁江镇全国文明古村寨） 163
　　赞法舫大师 163
己亥又登岳阳楼（立夏） 164
　　雨中登楼 164
　　君山歌 164
　　小乔墓 164
日照爱情颁奖诗（8月8日） 165
　　醉中天·题诗茶小镇 165
　　题日照诗词学会 165
　　台风日辛崇发会长饮宴 165
　　致了凡（在日照） 165
探秘机场"武大郎" 166
种牙戏题 166
题量子鉴定仪 166
趵突泉三题 166
　　题易安塑像 166
　　李清照纪念馆 167
　　趵突泉菊花 167
大运河北段香河采风组诗 167
　　采桑子·香河 167
　　浣溪沙·题赠大运河研究会 167
　　举杯 168
金秋山东诗会诗页 168
　　到临清 168
　　登聊城光岳楼 168

酬赵润田会长 …………………………………… 168
北京"西海"之秋 ………………………………… 169
题郭守敬塑像 …………………………………… 169
步韵和钟老《九十感怀》诗 …………………… 169
时代（听形势报告） …………………………… 170
中秋夜望 ………………………………………… 170
己亥登高 ………………………………………… 170
古镇与农闲 ……………………………………… 170
古镇 ……………………………………………… 170
农闲 ……………………………………………… 171
史丰收十年祭（九月底） ……………………… 171
金秋拜会牟其中 ………………………………… 171
致夏宗伟 ………………………………………… 171
粤南行组诗（2019年10月10—14日） ……… 172
  应金科伟业邀南行 ………………………… 172
  浣溪沙·酬冯柏乔先生 …………………… 172
  咏无门君之长号 …………………………… 172
从深圳望对岸 …………………………………… 172
甘肃庆城诗（8月） …………………………… 173
  到庆阳（8月23日） ……………………… 173
  七律 ………………………………………… 173
  鹧鸪天·大周之流脉（写于庆城博物馆）… 173
  题歧黄博物馆 ……………………………… 173
  杨塬村边见土豆花 ………………………… 174
  庆阳市香包街记事 ………………………… 174
  山坡羊·庆州相会赠老友李枝葱先生 …… 174
西域草原 ………………………………………… 174

题草原诗会 …………………………………… 174
深秋台风侧过 ………………………………… 175
记梅兰芳 ……………………………………… 175
鹧鸪天·编览岫芳诗词 ……………………… 175
由星子向庐山（柏梁体） …………………… 176
致山东友人诗 ………………………………… 176
致老谢 ………………………………………… 176
致晓雨二则 …………………………………… 177
  其一　来京 ……………………………… 177
  其二　搬家 ……………………………… 177
怀念孙轶青会长 ……………………………… 177
北京初雪（11月29日） ……………………… 178
融化 …………………………………………… 178
滕王阁和梅振才兄韵 ………………………… 178
种雪 …………………………………………… 178
孤平之疑 ……………………………………… 178
买五花肉调寄如梦令 ………………………… 179
垃圾新课题 …………………………………… 179
清平乐·年终漫语 …………………………… 179
论诗 …………………………………………… 179
黄龙望与想 …………………………………… 180
九寨二题 ……………………………………… 180
  印象 ……………………………………… 180
  震后重开 ………………………………… 180
岷江源记 ……………………………………… 181
四川街子古镇 ………………………………… 181
又去定窑　抚今追昔（11月16日） ………… 182

如秋	182
2020年春	182
雪天酒宴	182
换岁二题	183
鼠年无颂	183
鼠年无颂 调寄思佳客	183
鼠年打油词	183
岁杪拜问刘征老、钟老	184
说韵	184
丙子浦东组诗	184
沁园春·岁末飞南	184
见书店"论斤售书"	185
思佳客·川沙黄炎培故居	185
鹧鸪天·鼠年无诗	185
沪上答友人邀请函	185
和鸿影 "一半儿"	185
岁末读诗小记	186
宿富春山居三首	186
其一 严子陵钓台	186
其二 题山居图	186
其三 晨起雨霁	186
"破五"返京治漏记	187
寄武昌友人	187
其一	187
其二 立春望梅致友人	187
浣溪沙·望江汉	188
浣溪沙·赤壁临江	188

赞白衣战士……………………………………188
经学之乱弹……………………………………188
梅踪一组………………………………………189
　　其一………………………………………189
　　其二………………………………………189
　　　其三　探梅……………………………189
　　　其四　相惜……………………………189
又所见…………………………………………190
避疫浦东答刘郎………………………………190
附　刘郎《沪西有寄树喜老师》……………190
痛悼刘章诗翁（2月20日）…………………190
"二月二"打油词………………………………191
山中桥…………………………………………191
断桥波影………………………………………191
惊蛰日见一朵小花……………………………191
菩萨蛮·为小楼三八专集题…………………192
僻野公园………………………………………192
飘落之春叶……………………………………192
　　　一………………………………………192
　　　二………………………………………192
　　　三　花与叶……………………………193
　　　四　兴衰………………………………193
　　　五　夜深辞……………………………193
戏答眸卿………………………………………193
诗与夜…………………………………………193
春晓……………………………………………194
春之落叶歌……………………………………194

戏题蛛网 竹枝词	195
春分日写春去也	195
闻纽约疫情致梅兄	195
致"春山采笋"诸友	196
庚子清明	196
清明梦语	196
踏青随记	196
清明踏青自在时	196
有路与无路（4月13日）	197
题《卢芹斋传》（4月16日）	197
忆江北·张江之郊	197
"人才学"与"笋才学"	198
浣溪沙·博陵客至亳州（4月26日）	198
四访川沙古镇（5月4日）	199
望洋咏叹	199
新锄禾调	199
屈原叹（端午）	200
立夏佛堂诗	200
夏日句	200
朱超范先生萧山诗会身未能行心向往之	200
夏月寄京东朋友	201
夏日思荷	201
红尘难舍	201
听高考家长言	202
心灵语	202
连云港组诗	202
连云港会徐、侍二君	203

花果山漫题五首	203
忆昔	204
与了凡又会日照	204
题临海种橘"山大王"	204
闻"山外山"有雨作（庚子秋）	204
庚子秋致临海夏总	204
白帝之眺	205
白帝怀古	205
拙作《关公大传》脱稿	205
庚子初秋东北行	205
出行号子	205
水调歌头	206
林中采蘑菇遇武汉一家人	206
第一敖包留影	206
又是七夕	206
文物鉴定内战旁观者言	207
庚子秋再至敦煌（2020年9月26-30日）	207
敦煌曲	207
敦煌致友人	207
走廊之西时在中秋	207
汉长城断想	208
赠克复兄	208
踏莎行·敦煌印象	208
七律·大漠	209
敦煌与阳关	209
高老庄踏入溪水	209
阳关再会何延忠先生	209

秋日诗片	210
为南天诗社公众号题	210
知秋	210
如秋	210
分得"江"字	210
秋不负	211
诗歌节组诗	211
诗歌节在杜甫草堂开幕	211
七律·北碚怀念吾师翦伯赞	211
射洪陈子昂篇	212
其一 陈子昂读书台	212
其二 陈子昂出四川	212
其三 诗豪	212
渝州曲	212
清平乐·山城夜	212
武隆三桥记	213
立冬酉阳桃花源	213
榆林三首	213
拜访袁家沟	213
赠李涛兄	214
重阳到闽清及三坊组诗	214
重阳桔林登高	214
重阳曲	214
题汤兜乡村振兴中心	214
为闽清老瓷窑题	215
山深闻鸡鸣	215
山中见小学荒废	215

桔林温泉············215
桔林揽胜············215
我看见星星了··········216
酒中诗语············216
浣溪沙•三坊七巷名人居·····216
其一·············216
其二·············217

感言················217
李陵苏武体············217
又··············217
咏山东···············218
菏泽诗草（2020年12月26日）··218
曹州访牡丹不值··········218
题四君子酒············218
曹州诗阵·············218
羊汤打油·············219
冬至谒伊尹墓···········219
题庄子阁二首···········219
（一）思佳客•怀古·····219
（二）读《逍遥游》·····220
张永忠剪纸　五题·········220
赞剪纸大展··········220
寻根············220
菩萨蛮•创意·········220
卜算子•居士林········221
剪纸诗情座谈会········221
山涧口诗钞············221

诗之梦 ··· 221
居东珠市口寓所 ··· 222
古藏品杂咏 ··· 222
    瓶梅论 ··· 222
    泥土酒瓶 ··· 222
    修古 ··· 223
贺王彦博《故园如歌》出版 ······························· 223
彦博《故园如歌》读后 ··································· 223
首日宿金霖 ··· 223
金霖中秋 ··· 224
蛰居偶感 ··· 224
景山秋日 ··· 224
秋日生辰语 ··· 224
立春与小年（打油） ····································· 225
    偶得 ··· 225
    小年 ··· 225
    花卉大观园 ······································· 225
2021牛年诗篇 ··· 225
开元大铁牛 ··· 225
吾与诗 ··· 226
戏和倚云鹧鸪天（元旦） ································· 226
步韵和葆国退休 ··· 226
沁园春·更岁词 ··· 227
枕头词 ··· 227
灯与月二则 ··· 227
母亲的油灯 ··· 228
春分之分 ··· 228

还乡自嘲（外一首）……228
至章雪芳女史贺小楼挂牌……228
牛年春　浦东至南通诗……229
浦东　又见梅花……229
　　其一……229
　　其二……229
　　其三……229
春愁……229
又望夜空……230
元宵有寄……230
元宵前夜　聚于沪上……230
夜宴打油……231
元宵有寄……231
《中华诗词少儿读本》……231
狼山（南通）三首……232
　　（一）狼山风物……232
　　（二）骆宾王墓……232
　　（三）梅园……232
清明记句……232
圆明园二题（4月2日）……233
　　草根……233
　　今古……233
暮春怀北大……233
清明住院打油……234
住院打油词……234
摸鱼子·清明记病……234
不急与为诗……235

为诗 ································· 235

不躁 ································· 235

脑梗疗法的"三大发明" ························ 235

    其一 诗词疗法 ························ 235

    其二 猛虎疗法 ························ 236

    其三 综合疗法 ························ 236

阳关论坛及诗(5月10—16日) ···················· 236

五律·瓜州锁阳 ···························· 236

阳关词三章 ······························ 237

阳关种树歌(品种为胡杨) ······················ 237

2021年夏诗词 ··························· 237

怀袁隆平院士 ····························· 238

《沁园春·雪》与建党百年颂 ····················· 238

"正阳桥疏渠记方碑"之叹 ······················· 238

夏日题扇(7月20日) ························ 239

"烟花"牌台风(7月25日) ····················· 239

"五块石头"不平凡 ·························· 239

上街绊跤感赋 ····························· 240

上街绊倒二 ······························ 240

大象日完成长诗 ···························· 240

初到莲花池见白色荷花 ························ 240

植物园梁任公墓(8月25日) ···················· 240

题"精忠报国" ···························· 241

虞美人·咖啡泡沫 ·························· 241

菩萨蛮·关于"爪哇国"致陈女史 ··················· 241

秋日漫语 ······························· 242

怀念京战五题(6月26日) ······················ 242

37

同为	242
清明	242
合著	243
入史	243
后记	243
盛夏寻雪	244
榆林毛泽东诗词研讨会记诗	244
夏至拜谒袁家沟	244
毛泽东诗词研讨会并致谢与会诗人和榆林朋友	244
过无定河	244
榆林名人	245
文武	245
登镇北台	245
赠周文彰会长	245
为"博陵第"题赠定瓷杨丽静馆长	246
夏日房山诗草（凡十首）	246
诗会酬桂兴兄	246
红歌诞生地二则	246
怀萧克将军	247
偶得句	247
登百花山	247
古寺舍粥打油	247
又到秋林铺	248
忆房山三尖城	248
想往"北京人头盖骨"（周口店）	248
水调歌头"云南野象群事件" 二首	249
水调歌头一·诗人致象群	249

水调歌头二·小象回复老诗人 …………………… 249
谁种谁收（和范仲淹句）………………………… 250
  附 范仲淹《书扇示门人》 ………………… 250
时代新课题之"垃圾分类" ……………………… 250
清平乐·辛丑秋 …………………………………… 251
秋语 ………………………………………………… 251
钱塘潮 二题 ……………………………………… 251
  大势 ………………………………………… 251
  守信 ………………………………………… 251
看山 ………………………………………………… 252
高铁畅想 …………………………………………… 252
"补口罩"小记（10月8日）……………………… 252
纽约诗画琴棋会第廿八届雅集致梅振才兄 …… 253
皖北行草（2021年9月14日—20日）………… 253
泗州断想 …………………………………………… 253
凤阳曲 ……………………………………………… 253
新"围城" …………………………………………… 253
寻西涧不值 ………………………………………… 254
中秋 ………………………………………………… 254
金寨散句 …………………………………………… 254
  天堂寨 ……………………………………… 254
  红军菜 ……………………………………… 254
  诗语 ………………………………………… 255
菩萨蛮·金寨双拥广场 …………………………… 255
重阳秋林铺三首（10月14日）………………… 255
赠百花山诗社 …………………………………… 255
圣莲山"九九"大会 ……………………………… 255

重阳访旧 秋林铺	256
冬之篇	256
立冬雪日返京有记	256
图书与白菜	257
哀牢山之哀（浣溪沙）	257
冬日观钓	257
"博陵第"瓷器藏家礼赞（诗三十章）	258
"博陵第"颂	258
礼赞敢峰	258
李鸿权先生	259
李仁达先生	259
朱爱民先生	259
李松堂先生	259
柏麟先生	259
李德君先生	260
清平乐·赠了凡	260
郭南凯先生	260
华国良先生	260
附 华国良诗	261
致诗树老申（树喜）	261
谢意先生	261
任建华先生	261
赠五指山人	261
李传堂先生	262
赠陆汉斌先生	262
赠吴永玉会长	262
怀念厉惠良先生	262

赠李瑞民先生 ·················· 263
杨荣辉先生 ···················· 263
赠吴斌先生 ···················· 263
赠林水木先生 ·················· 263
赠蔡其瑞先生 ·················· 264
赠许荣南董事长 ················ 264
曾金宾藏家 ···················· 264
邹剑钢先生 ···················· 264
诗赞金文秀先生 ················ 265
赞魏道林先生 ·················· 265

三编　二二年三秋

2022年一季度　在沪上 ·················· 269
2022年元旦辞 ························ 269
闻格陵兰天然冰拱门坍塌（调寄木兰花）······ 269
三九治酒歌 ··························· 269
老之将至歌 ··························· 270
汤加地震危言（玉楼春）················· 270
　　附：《列子集释》卷一《天瑞篇》······· 270
莫拘 ································ 271
春节祝辞 ····························· 271
小年和了凡调寄浣溪沙（25日）··········· 271
立春日宿建德乾潭山中 ·················· 271
男足输球 ····························· 272
谢秋叶君治酒会友（2月13日）············ 272
聚瑞金宾馆馨源楼和逸明兄 ··············· 272

假花之爱……272
八声甘州・和刘郎词……273
思想梅花……273
正月十六到三亚红树林 二首……273
    七律……273
    五律 下海游泳连三日……274
春月忆京战（字苇可）……274
题和堂江诗……274
奥运及大赛之反思……274
    附 刘忠笃致树喜……275
拟归田……275
致雪花……276
贺邯郸女子诗词工委……276
百年"两分钟"……276
"阿波丸"沉船……276
2022年 二季度诗词……277
踏莎行・古城学埧……277
前门三里河会馆（4月1日）……277
寒暖……277
竹枝词・春风……278
梅色……278
清明之野……278
海棠雅集 二束……278
    五古……278
    七律……279
乍暖还寒……279
宇航员观天同感……279

背阴儿二月兰 ············ 280
野草二则 ············ 280
  一 ············ 280
  二 ············ 280
马草河凉水河汇流处（调寄虞美人）············ 280
红荆树与二月兰 ············ 281
二月兰 ············ 281
红荆树 ············ 281
又访马草河 ············ 281
读诗与做梦 ············ 282
晨起看山 ············ 282
关于中原偶题 二首 ············ 282
  青野 ············ 282
  开封 ············ 283
戏和刘郎 ············ 283
题兰州黄英进凤林山馆 ············ 283
访酉阳记 ············ 283
桃花源诗意 ············ 284
贺把多宇先生大著《长河流韵》出版 ············ 284
无名小湖 ············ 284
新闻说国内麦收结束，风雨将至也不担心了 ············ 284
后院花径 ············ 285
咏谜 ············ 285
拜读陈懋章院士诗集 ············ 285
思佳客·宇宙之谜 ············ 286
论诗创意五题 （新韵） ············ 286
  文路 ············ 286

诗魂···286
　　勃发···286
　　曲江诗语···287
　　孤平···287
古北水镇三首（8月5日立秋日）·······················287
　　又到司马台·······································287
　　照相···287
　　细辨···287
秋日寿宴为题与刘征老唱（9月6日）···················288
　　树喜···288
　　刘征老答···288
近中秋语···288
壬寅中秋致友人·······································289
中秋再访卢沟桥（外一首）·····························289
2022年 三季度诗词···································289
大得藏珍馆赏大德瓶（七月四日）·······················289
赞大得"三星堆"藏品·································289
大得伊斯兰风格博瓷瓶·································290
六十退休话题···290
观李凯先生讲饮食史有感·······························291
夜半逢蛾（8月21日）·································291
煤气煮豆辞（处暑日）·································292
秋之页···292
古酒"NFT"解说词···································292
元瓷"博陵第"揭秘···································293
临川唱和 二首·······································293
　　到金溪···293

临川句 ………………………………………………………… 293
奈曼旗 会诗友 ……………………………………………… 294
贺寒江雪博物馆 ……………………………………………… 294
颐和园秋望 …………………………………………………… 294
题宁志超先生巨著《中国早期青花瓷史鉴》………………… 295
体检感言 ……………………………………………………… 295
"十一"这一天 ……………………………………………… 296
西江月·再观钓 ……………………………………………… 296
浣溪沙·凉水河秋意（白露日）…………………………… 296

四编 荷香集

小 序 ………………………………………………………… 299
荷香·香河（22首）………………………………………… 300
为香河荷花节题 ……………………………………………… 300
荷与藕组诗（8首）………………………………………… 300
  生命 ……………………………………………………… 300
  怒放 ……………………………………………………… 300
  古荷 ……………………………………………………… 300
  咏藕 ……………………………………………………… 301
  荷仙 ……………………………………………………… 301
  骤雨荷花 ………………………………………………… 301
  花王 ……………………………………………………… 301
  踏莎行·一城荷花 ……………………………………… 301
采桑子·香河采风行 ………………………………………… 302
香河竹枝词 …………………………………………………… 302
荷阵 …………………………………………………………… 302

题老树客栈 ······ 302

香河肉饼 ······ 302

醉中天·咏香河第一城 ······ 302

泥·莲·荷·藕组诗 ······ 303

    泥赞 ······ 303

    荷照 ······ 303

    藕不出头 ······ 303

    四言说藕 ······ 303

    雨中荷塘 ······ 304

    最后一枝荷 ······ 304

    题张玉旺诗集 ······ 304

南北安平诗（15首） ······ 304

南北安平诗 ······ 304

家乡春讯 ······ 305

清明语丝三首 ······ 305

梦境 ······ 305

归家 ······ 306

花椒树 ······ 306

清明寄友 ······ 306

菩萨蛮·清明回乡 ······ 306

清明雨 ······ 307

桃花曲 ······ 307

桃花情 ······ 307

家园 ······ 307

别桃园 ······ 307

五编　咏史卷

咏史诗选之一　先秦至三国两晋南北朝……………… 311
清平乐·周口店踏青（2006年3月）…………… 311
念奴娇·访猿人洞……………………………… 311
尧舜禅让………………………………………… 312
武王伐纣………………………………………… 312
太公钓鱼………………………………………… 312
姬昌敬贤………………………………………… 313
烽火诸侯………………………………………… 313
会稽禹王陵……………………………………… 313
孔子……………………………………………… 314
韩非……………………………………………… 314
枣庄诗研会记诗（2016年9月20日）………… 314
秦长城遐想……………………………………… 314
怀古邯郸………………………………………… 315
刘邦成功………………………………………… 315
大风歌…………………………………………… 315
登涉故台………………………………………… 315
读思录…………………………………………… 316
彭城曲…………………………………………… 316
张子房墓道碑…………………………………… 316
七律·芒砀山…………………………………… 316
怀李广…………………………………………… 316
太史公…………………………………………… 317
苏武事迹………………………………………… 317
王莽功过………………………………………… 317

王莽改良 ·· 317
曹操 ·· 318
白帝城 ·· 318
成都武侯祠 ·· 318
南阳茅庐 ··· 319
诸葛悲剧 ··· 319
南阳诸葛庐 ·· 319
孙仲谋 ·· 319
蜀汉 ·· 319
统一趋势 ··· 320
  其一 ·· 320
  其二 ·· 320
五古 刘备墓 ·· 320
神州格局 ··· 320
民族混融 ··· 321
陶潜 ·· 321
壬辰寿州行 ·· 321
  其一 八公山 ·· 321
  其二 登城楼 ·· 322
  其三 过淮河 ·· 322
  其四 叹符坚 ·· 322
咏史诗选之二 隋唐宋 ··· 322
隋炀帝杨广 ·· 322
陇西李姓 ··· 323
则天皇帝 ··· 323
骆宾王 ·· 324
西藏溯史 ··· 324

| 目 录 |

雪域高原·················324
扎布伦寺·················324
文成公主·················325
回到大唐·················325
滕王阁怀古················325
步王勃滕王阁原韵············325
水调歌头·敬亭山怀李白 （2014春）····326
怀念杜甫组诗六首·············326
    诗史··················326
    民生··················326
    心怀··················327
    不老··················327
    出新··················327
    草堂觅诗魂（成都）··········327
经略台（在广西容县）···········328
荥阳禹锡公园···············328
新凉州词一················328
新凉州词二················328
薛涛井··················329
吊贾岛（2007秋）············329
宋祖兴亡·················329
李煜···················329
七夕伤李煜················330
郏城吊三苏················330
成都苏子故居··············330
海南怀东坡翁···············330
念奴娇·东坡赤壁怀古原韵·········331

又到开封 ·· 331
西夏王陵 ·· 332
林冲 ·· 332
岳飞 ·· 332
李纲 ·· 332
雁北组诗 ·· 333
    （一）到大同 ·· 333
    （二）应县木塔 ·· 333
    （三）木塔倾斜 ·· 333
    （四）悬空寺 ·· 333
咏史诗选之三　元至清 ·· 334
访内蒙古三首 ·· 334
成吉思汗 ·· 334
长城内外 ·· 334
民族姓氏 ·· 334
元上都三首 ·· 335
到邢台 ·· 335
得成吉思汗青花瓶 ·· 336
临川句（谷雨日） ·· 336
慕田峪 ·· 336
五律　景山崇祯殉难处 ·· 337
七律　嘉峪关 ·· 337
甘州明代粮仓 ·· 337
步京战居庸关原韵 ·· 338
恩施利川李家大水井 ·· 338
七绝　蒲松龄故居 ·· 338
    其一 ·· 338

其二 ·· 338
文安乾隆巡河碑 ··· 339
秋日复读金圣叹 ··· 339
九宫山 ·· 339
大冶铜冶坑 ··· 340
七绝 左公柳 ·· 340
戊戌变法 ··· 340
咏史诗选之四 近现代 ······································ 341
怀念孙中山 ··· 341
感言 ·· 341
偶记 ·· 341
建党纪念嘉兴南湖诗 ······································· 342
吴江怀南社先贤 ··· 342
鸡公山 ·· 342
读毛泽东诗词 ··· 343
韶山故居（2010年冬在湘潭） ···················· 343
淮安周公故居 ··· 343
中国统一趋势 ··· 343
   其一 ·· 343
   其二 ·· 344
人才史论 ··· 344
风骚 ·· 345
大将 ·· 345
悟彻 ·· 345
知人善任 ··· 345
与钟老家佐谈史 ··· 345
盖棺难论定 ··· 346

换朝 …… 346
清平乐·史学家 2009 冬 …… 346
文随时代 …… 346
七律 翦伯赞百一十年 …… 347
塞班岛词三阕 …… 347
　　（一）塞班印象（满江红） …… 347
　　（二）天宁岛（江城子） …… 348
　　（三）军舰岛（浣溪沙） …… 348
澳洲南行歌 …… 348
临江仙·西行印度 …… 349
沁园春·果阿岛 …… 350
果阿 …… 350

六编　新诗卷

大象云游记节选 …… 353
一、象游历程 …… 353
　　序 …… 353
　　1. 议定 …… 354
　　2. 逼近昆明 …… 357
　　3. 小象毛毛诞生记 …… 359
　　4. 莽莽醉了 …… 360
　　5. 大象的"五一"节 …… 364
　　6. 蘑菇、大象与人 …… 366
　　7. 捉放"鲁鲁" …… 370
　　8. 小象在泥潭 …… 373
　　9. 不速之客闯民居 …… 374

二、象博士讲人文 ·················· 376

1. 象之唐宋仪象 ················ 377
（1）大唐帝国时代 ··············· 377
（2）宋朝驱象 ·················· 378
2. 元明象仪之盛 ················ 380
3. 象仪终结于清 ················ 384

三、象眼看世相——N个为什么 ······ 386

肇岳第一峰 ························ 392
台风三日 ·························· 393
致台风 ···························· 393
诗茶小镇 ·························· 394
写庆阳 ···························· 394
航班上的微笑 ······················ 395
出院（4月21日）·················· 396
诗歌节三首（2020诗歌节 成都—重庆）····· 397
诗的命运 ·························· 397
赤裸与酒（写在江津酒厂）··········· 398
酒杯 ······························ 399
脚丫（写于母亲节）················· 401
漓江五了歌 ························ 401
采风三则 ·························· 402
    葡萄 ························· 402
    西瓜 ························· 402
    蜜蜂 ························· 402
忆北郊（1972年北大分配至此工作）··· 403
狗年之冷 ·························· 403
题笼中鸟（2020春）················ 404

滹沱河，你回来吧……………………………………… 405
放飞 ……………………………………………………… 407
怀念 周恩来总理 ………………………………………… 407

一编 一树三秋

弁 言

人生猜不透，宇宙更难知。各吹各的调，我写李家诗！自2013癸未结集出版《李树喜诗词选——诗路历程五十年》之后，至2016丙申，三年积诗近千首矣。或感怀，或游历，或无题，杂错率性之作，于我则鸡肋之属也。而友人及青年学子不时向余索诗。思之再三，撷取百首成束，以应诗友不时之索。

李白云："吟诗作赋北窗里，万言不值一杯水。"当今之世，清水难得也。倘吾诗抵得清水一杯，有二三子以为可读，则大喜过望矣！

怀李白

李白诗词出新,人见性情。但不谙政治,更无手腕。也许是他伟大和可爱的地方。

仗剑遨游惊四方,当涂一跃醉长江。
涛波载月还沉月,民意怨王犹羡王。
政治原非真里手,诗文无愧谪仙行。
沧桑百变人心改,难泯窗前明月光。

访美讲座诗草(2013年10月)

2013秋十月,应美国纽约石溪大学和纽约诗词学会之邀,访美作诗词讲学和出席上述学会二十周年庆典活动。并被聘为纽约诗词学会名誉会长。讲诗访友的同时,会见了纽约诗词文化及文物收藏界著名人士,包括梅振才、夏志清、谭克平、林缉光、方书久、郑京生等。

重到纽约

上次去美,纽约世贸双塔还在,并登临观光;今已成历史,又正赶上美国政府关门事件。入关手续盘查甚琐碎。

金风吹我过重洋,眼底风云漫打量。
双塔峥嵘成旧址,万人奔走演彷徨。
党争华府开还闭,雾掩神州抑又扬。
风物环球行看遍,繁华不羡慕东方。

过关检查

依然黑发矮鼻梁，按印描形复打量。
赤手空拳乖老汉，何须于此费周章！
摧翻世贸非关我，探秘监听涉友邦。
不少谜团欲求解，此间可有万全方！

在美自嘲

英文不懂口难开，问尔谁从何处来。
腹有文章多记史，家非豪富愧为才。
曾经冬夏识寒暖，打理油盐学剪裁。
剩有一支笔不老，描天画地扫尘霾。

旧历九月初六生辰在美东部不免思念家人

驱车穿越雨潇湘，此岸黎明彼未央。
飞瀑喧豗奔眼底，秋光迤逦到邻邦。
情知美境连加境，毕竟他乡念故乡。
妻女浦东楼上住，起床弄饭一团忙。

又到重庆组诗 (2013年11月)

其一 嘉陵江畔

日暮宿渝州，酒深人未醉。
把来一勺水，可有长江味！

其二 江水春秋

暮色山城一望中，十年相忆又相逢。
人生可似长江水，载了春秋还载冬。

黄鹤楼（2016年6月）

信是神州第一楼，楚风汉韵画难收。
大江一去三千里，总在诗人心上流。

诗名不副

老前辈敢峰说我"诗名不副"，不求甚解也，嫣然一笑。

未解雪花大如席，惯看红叶染秋山。
身随佛界还魔界，心系梅边与柳边。
醉里看人人醉了，花间走笔笔生癫。
诗名不副真知我，都付齐州九点烟。

江山诗 (在浙江江山市，有江郎山)

其一

别样秋风别样天，石门云岭复仙关。
岚光浅照湾湾水，暮色幽含点点山。
诗向丹霞寻律韵，客缘苍翠问桃源。
田家野老实堪羡，闲话沧桑古道边。

其二

朵朵芙蓉向日开,诗人叹赞复徘徊。
愚公莫起移填意,如此山河怕剪裁。

马年感怀（在浦东）

七律

浦江依样起尘霾,雪日寻春不见梅。
马到本年伤伯乐,人当花甲慕诗才。
乡思每向梦边醒,笑靥总随童稚开。
爆竹声声难忘旧,和诗和酒品余杯。

绝句

逐月追风若等闲,九方伯乐勿须勘。
行空入市皆非我,只要奔驰在草原。

阳关引·雨登华山

路隘云当道,雨细风缥缈。沧桑一瞬,谁依旧,谁偏老!问遗踪何在,斑驳依秋草。千仞间,凝眸未睹众山小。　　纵任犁和剑,隔昏晓。画笔难摹,像难照,莫懊恼。信天公造化,最是随缘好。应羡我,关河一并,填诗稿。

一担云·华山顶（自度曲）

峰青人未老。探深谷，参差万象，别样妖娆；凌绝顶，天外群山，有比我高。羡那挑夫，白云满担，唱"姑娘"歌谣。①

【注】
① 华山顶上，有职业挑夫，负重攀援。极其艰苦。不停唱"我爱你，姑娘"歌谣而自宽解。

鹧鸪天·羊年打油

人类以动物标年，动物是人的朋友。但人类对它们却十分残忍苛刻。故于吉庆之中，唱一点反调。

马去羊来又一波，霾中日月叹蹉跎。
小民入网皆寻梦，豪富提刀亦拜佛。
干戚舞，杞人歌。堪怜肉少老饕多。
生灵渐次消磨尽，小小寰球可奈何！

咏史诗自嘲

一统三分费琢磨，天时地利抑人和？
阿瞒大事生机变，诸葛关头冒险多。
试解风流千古案，拆翻史海几层波。
王侯成败渔樵曲，入我诗家破网罗。

过潍坊怀郑板桥

百姓如鱼吏似刀,竹声阵阵雨潇潇。
官权过往难胜数,唯记寒酸郑板桥。

念奴娇·东坡赤壁怀古

长江如带,青峰下,寻觅昔时人物。碧水莲荷依旧是,千古东坡赤壁。湖揽新光,霞披旧影,遥忆一堂雪。①仲谋诸葛,问谁真个豪杰！　　望中吴楚迷离,疑是风和雨,霾雾同发。鹤去云回天际渺,堤坝烟桥明灭。冷眼官权,系心民瘼,不朽黄州帖。愧祷坡公：世风不似明月。

【注】
① 当年苏轼建屋舍一座,落成时适逢大雪,遂绘雪于屋之四壁,取名为"雪堂"。

秋树

莫悔扎根不自由,暮年心事向潮头。
愿随一叶乘风去,阅尽人间草木秋。

秋日怀高立元将军

沙场堪与辨雌雄,四望骚坛眼不空。
春水由来化秋水,东风转瞬变西风。

豪情剩有三千丈，老酒频然一两盅。
你在高山我在海，诗帆寄梦自相通。

吴江震泽小镇

小镇如舟傍水滨，积年难见是卿云。
西风不管春秋变，敲打梅魂与柳魂。
老至吟诗疏议政，客中饮酒易伤身。
桥湾一镜明于月，但照冬花莫照人。

莫干山仙人洞

渐远蝉鸣近鸟声，栈桥石道入云层。
山中多少佛仙洞，不傍平民"仙"不成。

玉楼春·冬日无题

惯见新颜偏忆旧。少时梦境三更后。
西风昨夜下长安，湿雨枫红秋欲透。
书剑飘零诗百首，子陵滩下农家酒。
我有迷魂欺不得，天涯海角挥挥手。

西江月·冬日

白发三千醉月，秋风万里削山。几番寒暑又何年，探问冬之深浅。　　过客匆匆如蚁，诗书兀自清闲。四门烟树俱阑珊，懒把官权细看。

浣溪沙（岁末居浦东）

雪意阑珊淡抹云，幽然一径腊梅深。残红细辨是冬痕。　　朝野舟车多在路，忧欢寒暖不均分。诗囊聊抵一壶春。

雾霾天气二首

盼寒流

龙蛇交替乱成粥，万象蒙尘雾里头。
世道人心怎么了，三冬腊月盼寒流。

霾聚散

时值清秋霾又浓，问天问地问时空。
所嗟人世千般力，不及悠然一阵风。

沁园春与诗史（写于延安）

重庆谈判期间，1945年9月6日，毛泽东由周恩来陪同造访柳亚子，并以《沁园春·雪》一词相告。即当代诗史之端也。余也有幸，生于是日。自以为与诗词有缘。故有此诗。

河若龙蛇山似丸，神州风物此重勘。
江淮不再隔南北，云岭无从划暖寒。
难解才情夸咏絮，①可怜英雄是孙权。②
沁园一阕狂飙雨，洗却诗坛换了天。

【注】
① 东晋才女谢道韫比喻雪说，"未若柳絮因风起。"受到称赞。"咏絮才"不过是"小雪"而已；
② 辛稼轩赞叹"生子当如孙仲谋"，把孙权视作大英雄。其实孙权不过是偏安一隅。

丽水词

青瓷龙剑固当珍，生态天然胜万金。
万木依山涂本色，百流向海觅知音。
曾经丽水方知水，不到云和莫论云。
世事任由飙网络，此乡莫许转基因。

在醉

人生何处不风光，莫叹山高日月长。
若个百年皆在醉，算来三万六千场！

菩萨蛮·送宝军之宿州挂职

清风不惯城中住,携春唤醒花无数。放眼望湖山,基层天地宽。 雪消春未老,着意描新稿。万木看青枝,枝枝是好诗。

【注】

吴宝军是我朋友,曾挂职安徽宿州任市委常委、副市长。青年诗人。

科尔沁草原组诗 (2015年8月)

草原

四望天圆地不方,胡笳雁阵入诗囊。
西风吹瘦阴山草,牧犬驱肥瀚海羊。
南国飘摇君纳款,北庭骄纵马游缰。
千年征战黎民苦,请为苍生祝一觞。

塞上

秦皇汉武俱成灰,故垒疑踪没草堆。
军陷迷沙马识路,使留绝地雁招回。
由来权势涂青史,宜向民心辨是非。
帐外西风花下酒,诗心已共彩云飞。

草原忆翦伯赞大师

1962年，翦老与范文澜应乌兰夫之邀访问内蒙古，历时四十余日，写成名篇《内蒙访古》，其史学新见和烁烁文采，享誉文史界，被称为"第三只眼看历史"。

草枯风劲望云移，科沁秋原念我师。
远嫁昭君说汉策，折冲铁马辨胡旗。
用三只眼观兴替，将一寸丹歌庶黎。
青史长存史家死，血斑点点不成诗！

草原观赛马

歌吹擂鼓入云天，十万人车踏草原。
世上不须千里马，只能赛场转圈圈。

孝庄故里

瘦肩担重渡时艰，治国岂如烹小鲜！
我信孝庄曾下嫁，女君功业胜须男。

浣溪沙·今古

光明日报社休养所，在当年秦皇行宫遗址旁侧。

魏武秦皇安在哉？龙王神女任编排。浪花无语燕徘徊。　　金子发光诚少数，珍珠多在海中埋。人生几个尽其才？

北戴河诗草(2015年8月)

夏日去光明日报北戴河疗养所休假,别此已经十多年了。上次带了上小学的女儿,今天是带女儿的孩子。

昔日携女,今来带孙。
山海依旧,述说古今。
歌吹不夜,霞染晨昏。
淘尽一切,留取诗魂。

北戴河海滨清洁工

清晨,清洁工人驾车巡视海滩,认真清扫塑料杂物等垃圾。但对海水的污染无可奈何。

无计扫天下,穿行波与坡。
俯身清杂色,信口唱红歌。
穷巷烟尘少,豪门废物多。
毒污深至海,铁帚奈之何!

又访美讲座诗(2015年10月)

纽约行走

五洲同一月,万象属三秋。
倾盖黑黄白,诗谈风马牛。
穿行曼哈顿,凭吊废墟楼。
落日溶溶里,女神可自由?

又近重阳

晚年仍好动,万事乱关心。
交结谪仙客,充当掘海人。
秋深美洲树,梦远故乡云。
不觉重阳至,谁听游子吟!

纽约夜作

暮年不量力,交往必真人。
文物大都会,诗词黄浦滨。
环球多冷热,秋色不均分。
纽约潮兼雨,神州正曙晨。

诗瓷访美①

又跨大洋去,兼担诗与瓷。
诗涵唐宋韵,瓷绘大元旗。
大众多诚信,专家有白痴。
几番明辨后,真价不须疑。

【注】
① 此番访美,偕定瓷国家级大师陈文增,举办艺术大展。

重阳寄远(时在美加边界)

赤橙黄绿未摊均,雨洗风吹变幻频。
道是重阳颜色好,不知自己亦秋深。

三峡组诗

过丰都①

晓风破雾近阎罗,生死报应堪奈何!
遥望丰都勿须下,平时见鬼已偏多。

【注】
① 船过丰都,不喜鬼,望而未下也。

怀李白

朝霞暮雨过江陵,夹岸云山晦不明。
风物已随人力改,汽轮声里忆猿声。

泸州印象

沱江水汇长江水,古酒窖并新酒城。
为识泸州真面目,又来巷底看民生。

海南环岛行（2015年）

寒风来了又离京,假道儋州环岛行。
礁屿欲随风摆动,堆沙总被浪推平。
几番樯橹成追忆,多少鱼龙困网绳。
我有田园归不得,天涯海角亦人生。

到儋州

飘若南天一片云，与山与海且为邻。
古今骚客醉还醒，过往佛仙假共真。
懒唱大江东去调，深交渔猎采莲人。
坡公花甲还惆怅，我辈何须细问津。

海棠湾

暮霭霞光映水滨，鱼龙苍狗已难分。
海棠依旧人偏老，风暴连番岛不沉。
愧我诗章嗟叹调，羡他鸥雁自由身。
迷津几度童心在，踏浪堆沙逐彩云。

南天一柱

书生岂止弄萧骚，遥忆伏波胆气豪。
欲斩妖氛三万里，南天一柱可磨刀！

【注】
西汉路博德，东汉马援，俱为伏波将军，于南海开疆定边有功。

海口五公祠

泉冷秋深花事微，五公遭际使人悲。
议和皇室倚秦桧，主战臣民哭岳飞。
胡马北来勒不住，汉旌南渡迴难为。
且从分合说时势，莫以功名论是非。

猴年二则

猴年小诗一束,非正能量亦非负能量。一笑而已。

(一)

色调轮番黑白红,时空演变夏秋冬。
大千世界雾霾里,呼唤当年孙悟空。

(二)

一跃腾翻万里云,大王本色是猢狲。
新来驾得互联网,照样难逃佛掌心。

徐州二胡展览馆别调

笙歌弦管一园收,遥忆二泉吟月秋。
盛世名流多少辈,穷途阿炳占鳌头。

题淮阴法院天平诗社

缘何诗社唤天平?只为世间多不平。
公心打造青锋剑,斩尽不平方太平!

鹧鸪天·戏马台

戏马台，项羽为西楚霸王时，都彭城。于此演马、阅兵、饮宴，为其兴衰转折之地。

汴泗无言若不流，楚歌楚地楚王侯。
君臣反目血漂杵，兄弟相残烟水愁。
谁戏马，几沉浮，天时地利抑人谋！
斜阳草树秋风老，太息英雄不自由。

鸿影与汉中组诗

汉中

山川形胜势蜿蜒，连结东隅复海南。
千古神州溯龙脉，方知此乃汉之源。

减兰一

雾霾深掩，谁道冬来春不远？缕缕情丝，抛向西窗雪不知。　　文房刀尺，四海风云铺一纸。迫近年关，诗酒无题未可删。

减兰二

离歌深婉，冬日菱花谁共剪。醉里南柯，泪洒乡愁比雾多。　　盘点思绪，倩影缠绵飞不去。岁老人闲，诗韵梅香把入年。

卜算子

山外夕阳红，镜里雪霜白。枫月荻花共此时，涂抹秋之色。　　携笔趁诗潮，吞吐滕王阁。孤鹜翩翩入落霞，江水楚天阔。

卜算子

诗带麦香来，人向田园去。万绿丛中一点红，幽婉还如玉。　　鸿影叹徘徊，相助些些力。君向阳春我在冬，相望西风里。

生查子

暮春见小红，脉脉梨花雨。复见正秋深，相契成知己。　　尘霾与雪来，零乱无头绪。把酒唱阳关，共品诗之律。

蝶恋花

千里澄江诗作宴，醉眼迷离，疑似桃花扇。伴作从容方寸乱，仓皇倾倒琉璃盏。　　夜永秋寒深共浅。转瞬分飞，梦里时常见。手把西风凝望远。天边三两鹊桥燕。

西江月

秋色深深浅浅，山城曲曲弯弯。雨疏风细洒江天，涂抹离人画卷。　　醉里乡音故事，醒来地僻天偏。暗中谁个解无眠，窗下寒梅一剪。

山花子

出律小词似不该,寻章摘句两痴材。泸州诗酒不眠夜,踏歌来! 老树秋深花指路,娇红艳影月徘徊。旧语新知多少事,莫疑猜!

临江仙

天上神仙皆醉了,琼花遍撒尘寰。谁人心有结千千。秋风吹渭水,愁句过江南。 霾雾迷濛花共树,醉乡诗酒缠绵。金鸡啼破百重山。心中梅一点,不怕那冬寒。

蝶恋花

为逐仙踪遥赴宴,隔座无言,暗觑春风面。珠玉落盘惊且羡,为君频举琉璃盏。 独木难栖孤凤怨。淡远江湖,渐作流云散。夜雨霖铃听不惯,琴弦未拨肠先断。

步韵(平湖乐)

秋深客路一相逢,诗酒柔情共。执手之间又迎送,路非同。 几番寒暖离人梦。无关雪淡,任他霾浓。晓日唱春风。

惊蛰日题

二月新风润汉中，韶光可与古时同。
一支短笛蛰初醒，十里春花阙小红。

卜算子·野梅

不惯庙堂居，不向街头卖。阅尽冬春雪与霾，花落真纯在。　　不管解乡愁，不理相思债。一任旁人论短长，情性无需改。

盘锦红海滩

原本河滩草，乡人唤碱蓬。
无心媚时世，只是作秋红。

冬夜读史

三千信史演传奇，满卷机关说忘机。
狗盗鸡鸣赴生死，鸿儒雅士写降词。
树偏老大才何用，诗近生疏性更痴。
莫向梅花问春信，田边小草最先知。

谁将

谁将爱情削作箭，射了疾飞，飞了还返？
谁将相思描作月，圆了还亏，亏了还满？
谁将骊歌和泪写，写了还揉，揉了还展？
谁把情致调作酒，淡了还浓，浓了又淡？
谁把信誓投大海，浅的为滩，深的成渊？
谁把真爱筑成山，身在幽谷，心在峰巅！

兰亭句二则

正月初五，微雨初霁，走绍兴，造访兰亭。

其一

携春过绍兴，微雨湿兰亭。
竹色溪前淡，心怀霁后清。

禊诗原有韵，书法本无形。
所叹群贤至，斯人独擅名。

其二

宾客皆豪客，春亭乃旧亭。
池前鹅影白，雨后渚山青。

竹径缘溪径，诗声杂酒声。
羲之本无帖，一抹便成名。

山水武宁

逃离霾雾地，来访水云乡。
泉自源头净，花由泥土香。
栋材出草野，春笋不成行。
西海看潮起，千帆竞远航。

【注】
武宁大湖，胜似千岛湖，名曰"庐山西海。"

9.3 阅兵

不忘烽烟事，人心向太平。
演兵非好战，至重是民生。

五律·大洪水

全球厄尔尼，暴雨骤无时。
巨浪掀街巷，飞舟抢妇儿。
百川狂走矣，万物奈何之！
禹力与天道，谐和盼有期。

长崎二则

忘却

血火斑斑久易磨，转凭书史记蹉跎。
史书又被官权改，莫怪人群健忘多。

莫忘

七十年来是与非，梅花如血雪成堆。
世间核武逐年涨，堪灭地球多少回。

秋怀·调寄思佳客

霜叶渐红秋渐深，诗人谁不叹灵均！
拨开冷雾心犹冷，听到春声却怕春。
怀旧友，羡新军，折腰半世老来伸。
胸中块垒三千亿，迸出冰词字字真。

访邯郸广府古城酬诗友

邯郸广府古城为全国重点文物保护单位。其城南是大片芦苇湿地，滏阳河上的弘济桥则是赵州桥的姊妹桥。今已水断路封。

广府城边堆石头，天留弘济证春秋。
车轮勾勒三千史，民意涂描万户侯。
莫喜古桥释重负，应怜弱水远轻舟。
初冬日暖芦花软，诗酒相携上小楼。

岳阳楼感怀

遥叹灵均百事休，犹闻老杜唱沙鸥。
屡经板荡难为爱，除却悲秋也是愁。
岸渚澄明天照水，渔歌沉寂月临舟。
可怜千古范公句，不在人心在酒楼。

五律·致友人

不为寒色动,何惧乱纷纷。
下界堪浮海,腾霄可入云。
悲秋只无语,敲句总先闻。
欲把银河酒,淘来共醉君。

鹧鸪天·北固楼（丙申冬）

吹面江风冬不寒,石阶历历好凭栏。
脱山水面柔如扇,绕岛云霓轻似鸢。
怀李白,叹稼轩,三分我不羡孙权。
古来豪杰谁才尽,留与诗中戏里看。

  唐大臣朱敬则云：孙仲谋藉父兄之资，负江海之固，未敢争盟上国，竞鹿中原，自守未余，何足言也！

题西津渡

是水非常水,为山何止山。
遥看二三里,走了一千年。

刘征童年诗及唱和

2015年6月27日，诗书大家刘征作品研讨会暨九十寿庆，在中国现代文学馆举行。吾人与会发言，介绍了我与刘老38年交往及论诗情况。刘征少时，家住北京宣武区白纸坊，附近的崇孝寺以牡丹驰名。13岁的他，游崇孝寺作牡丹诗，曰：

　　白纸坊边崇孝寺，年年为看牡丹来。
　　名花偏是穷僧爱，僧不怜花花自开。

吾日前寻访其地。状况是：寺毁僧去无牡丹。只剩一座藏经阁，被圈在白纸坊小学，作图书馆，亦为宣武保护文物。吾感而为诗曰：

　　七十年间酒一杯，名花古寺俱成灰。
　　苍天易老诗难老，歌罢朝霞唱落晖。

大悟与"不悟"(2015年6月)

（一）悟非悟

大悟乃湖北名城。吾人颇重"大悟"之名，意欲深思，而不得彻悟。

　　欲从大悟悟当初，诗剑飘零两不如。
　　半醉半醒诗似我，非今非古一糊涂。

（二）毒花山

大悟之"花山"，遍布黄花，灿烂如金。当地人介绍说是外来物种侵入，且极富毒性。我们能够责怪它吗？

漫山遍野灿如霞，毒性天生怎怪它！
万紫千红等闲事，最高境界是诗花。

"诗词中国"终评记事 二则(2015年6月)

参加"诗词中国"大奖赛终评。住香山之卧佛寺侧。正值蓝天白云，殊为难得。小诗以记之。

林幽潭净洗诗心，指看蓝天演白云。
但愿人生亦如此，尘霾过后是真纯。

清风轻拂古亭台，翠鸟啼鸣睡眼开。
手把相机拍不尽，怕他霾雾又重来。

"五一"风雨聚会

"五一"当晚，北京雨疏风骤，与诗友吴宝军等聚于东城之日坛公园。把酒吟诗，颇得清爽之兴。

弃伞

细雨温柔意态痴，今宵有伞勿须持。
小诗抛向西风里，落入谁家不必知。

我家海棠组诗（2015年4月）

唐宋文人以为海棠无香。留下公案千载，主香派又无实物可证。而吾家在农村海棠确实馨香浓郁。折一支赴恭王府雅集诗以记之。

（一）真香

娇红簇簇沐春光，公案千年费思量。
它处海棠姑不论，我家朵朵有馨香。

（二）守土

一年一度海棠红，寒暖悲欢共老农。
草木之心在泥土，原香带不到城中。

（三）村居

谷雨清明荞麦风，桃花李杏各匆匆。
海棠不受宫墙掩，十里村头抹粉红。

（四）战沙尘

猛可春来沙暴狂，拼将红粉作戎装。
玉鳞战罢三千万，遍撒园林片片香。

吾家草庐

蜘蛛结网草封门，藏得诗家一角春。
春种秋收谁与赏，星稀月朗自歌吟。

振兴诗词步韵马凯先生 (2015秋)

其一

滚滚大潮兴未迟,当秋老干又添枝。
任由金鼓催涛涌,不以绳枷阻马驰。
泥古薄今非正统,教人心动是真诗。
文华灿灿光华夏,莫让骚坛负盛时。

其二

霞染神州日落迟,花新树老万千枝。
尘霾消散金风动,莺燕鸣飞骏马驰。
敢有歌吟强国梦,不须泪洒示儿诗。
大潮起落无穷已,正是承前启后时。

冰海逃生记(2016年1月)

　　1月19日,寒潮风暴来袭,乘豪华邮轮赴日韩旅游。是夜风浪滔天。船体摇晃,夜不能寐。虽有惊无险,毕竟是难忘的经历。

豪轮量子号,吨位十六万。载客四千八,铺位常爆满。
是日我登船,浊浪如云卷,十人九眩晕,海翻天倒转。
巨轮漂似叶,卧榻如针毡。猛思长江轮,悲怆心打颤!

岁末减兰

雾霾深掩，谁道冬来春不远？
冰缕情丝，抛向西窗雪不知。
冬阳三尺，四海风云铺一纸。
迫近年关，诗酒无题未可删。

新年三唱 (2015年12月)

无题

红颜叹晓镜，华发不忧霜。
又送流年去，敲诗唱晚阳。

时光

盛世匆忙若不知，高山流水任飞驰。
几番夜雪千帆梦，一树秋风五色旗。
缕缕丝丝常挂泪，枝枝叶叶总关诗。
壮心任与年华老，肝胆铮铮还赤儿。

望树

朔气吹深谷，云飞山不动。
松原遒劲骨，石本孤寒性。
秋叶与春华，不迎亦不送。
风磨雪打后，月朗人心静。

棋子湾歌（外二首）

抛离霾雾三千里，棋子湾头踏石子。
天青沙白浪穿云，斑斓散落黑黄紫。
仙家自古无输赢，残局零乱未收拾。
雨洗风梳不计年，生生息息无休止。
忆昔多少天涯客，蹈海沉沙随逝水。
转想人生若棋局，攀援进退非由己。
将帅功成万骨枯，亦有士卒逼宫死。
闻道此湾拟开发，移填莫忘民福祉！
更愿面目莫全非，来年相逢还相识。
俯拾一颗柔如玉，携汝天南海北去。
自此无须怕炎凉，晨昏伴我敲诗句。

棋湾观潮

冬浅花无界，海深龙不群。
一湾棋子酒，醉了弄潮人。

冬到昌江

秋尾冬头又此时，京城霾雾奈何之！
背寒趋暖人间事，汇入昌江一卷诗。

【注】
棋子湾在海南昌江县，原始状态，风光独绝。

沁园春·大雪戏题（外一首）

昨自沪飞京。虽晚点，毕竟安全到达。而后机场封闭，更多人阻于民航铁路，徒唤奈何。冬日下雪，再正常不过，却至官民惊诧，以为祸灾。有感而戏为小词。

浣溪沙·北方雪

大雪茫茫自在扬，民航高铁竞关张。老农镇静市民慌。　　数日惊魂浑未定，童年记忆很平常。今人太不耐炎凉。

沁园春·小雪日下大雪

小雪时分，西风助阵，大雪拍门。见山肥水瘦，秋颜失色，京津僵卧，龙马呻吟。高速禁行，机场关闭。媒体嚣嚣乱煞人。何须怪，比西伯利亚，不算新闻。

环球寒暖非均。有极地貂裘赤道裙。见佛乡印度，陋棚糊纸；美州钜富，厕柱堆金。天地融和，我歌我在，伫望人间黄浦滨。那里有，很温馨秋夜，吾爱诗群。

酒城泸州诗 (2015年10月)

霜降时节至四川泸州参加诗词活动,泸州为沱江、长江汇合之地,著名酒城,且有鸡鸣三省之喻。

其一

两江一杯酒,三省数行诗。
诗酒融于此,泸州不忍离。

其二

正是秋风秋月时,神仙聚会惜来迟。
泸州借我一杯酒,撒向人间都是诗!

其三

十月栌枫露小红,和诗和酒醉西风。
长江不管人将老,载了春秋还向冬。

七律 医院印象

身入医门乱似粥,号呼喧沸竟无休。
齐天权贵任针砭,似水娇娃难掩羞。
一阵婴啼俱生喜,谁家哀乐又添愁。
骤然省悟人间世,生死循环绕此楼。

中国旅游日组诗(2016年5月)

中国旅游日为5月19日,由徐霞客当年从浙江宁海出发日确定。宁海每年都举行活动,今年兼举行诗词论坛。

徐霞客二首

其一

屡试皆违向大荒,男儿何必恋家乡。
一腔热血和诗写,万里山川用脚量。

其二

影照群山不顾身,芒鞋竹杖一肩云。
于今顷刻飞千里,不及攀援味道深。

前童旧宅燕巢

细雨霏霏石径斜,沧桑几度几繁华。
多情最是堂前燕,不上高楼念旧家。

诗人聚会

五百年间霞客踪,风华不与旧时同。
搦来一管纤纤笔,描画天台座座峰。

梦境九章

　　老来多梦，多是思乡。至有一些光景重复多遍，百梦不厌。梦中人与梦呓语，亦真情之陆离也！试以小诗描之。有同梦相怜者乎？

序梦

草屋隔村远，蝉声渺不闻。
花间一壶酒，幽梦乱成云。

斗室

半间屋似斗，床榻漫成尘。
借得栖身处，尘微小草民。

跳跃

拔云高万米，俯瞰水湖清。
斗胆飞身跳，飘然筋骨轻。

险境

幽洞在山巅，攀援窘此间。
虎狼迫咫尺，挣扎不能前。

轰炸

田野正收秋,机群乱弹投。
心知日本鬼,欲报竟无由。

外祖

踽踽寻街井,柴门户半开。
朦胧见二老,不晓是谁来。

出游

出游某某地,妻小散无踪。
急找手机号,连番拨不通。

花轿

院首八抬轿,众人吹喇叭。
新郎颇似我,美女忘谁家。

归家

下学欲归家,长堤天色暮。
匆匆复踽踽,河水宽难渡。
隔岸杂花鲜,云深三两处。
飘然水中央,温软湿衣裤。

清明竹枝词四则 (2016年)

(一)

桃李兰棠各惹人，万花树下绿如荫。
虽然小草无名姓，缺了此君不算春。

(二)

薰风流水两悠悠，是处红楼是酒楼。
来去匆匆赏花女，竟无一似林丫头。

(三)

过眼平畴绿色柔，偶而几个小花丘。
若非风雨来回抹，春种如何熟到秋。

(四)

想象儿时星满天，阴霾不是那炊烟。
花间百鸟无声息，我坐西窗诗未眠。

春词二则和友人 (2016年3月19日)

咏柳和恭震

筛选中秋月,涂描破晓云。
经霜青似铁,绽叶灿如金。
不许东风剪,为留生态心。
年轮谁忍看,春浅与冬深。

清平乐·和秋叶

春风知我,晓月穿云破。柳软花柔吹又过,诗酒频频相佐。　征人低诵离歌,儿童高唱鹅鹅。纵有多情画笔,难描梅影婆娑。

我续"两壶酒"(2016年3月10日)

其一

我有一壶酒,足以慰风尘。
心同诗冷热,身共网浮沉。
莫作长袖舞,为留情性真。
万般归逝水,不朽是谁人!

其二

我有一壶酒，足以慰风尘。
渐于朋友远，转与手机亲。
对酒花无影，伤春诗有魂。
万般归流水，不必问缘因。

春信

和云伴雾绝尘埃，二月新梅寞寞开。
忽报长城雨夹雪，始知春自北边来。

2016年遂昌采风

怀遂昌令汤显祖

春潮带雨湿仙城，美俱诗文与政声。
百代牡丹情未了，我来千里吊先生。

爱情剧

源流汩汩溯诗经，词色渐浓情渐轻。
盛世风流多少爱，不如一曲牡丹亭。

牡丹梦

春意阑珊枕雨眠，山光水色忆当年。
诗心愿共牡丹醉，相伴梅边与柳边。

怀汤公

巨著垂千古，缠绵色与空。
奇思飞象外，挚爱寓悲中。
纵笔描神鬼，班春恤庶农。
文心与剑胆，谁个比汤公！

皂罗袍·步汤公韵

倩谁将旧草新枝梳遍，牡丹亭连着那莽野村原。种瓜点豆耦耕天，杜鹃啼醒农家院。　　千回百啭，蛙闹蜂喧。漫抛诗片，轻推酒船，解清欢方识得春光溅。

广西玉林行 (2016年9月)

为容县题联

绣江堪秀，秀千山锦绣；
容县能容，容百业欣荣。

五彩田园汉荣兄赐酒

迤逦桂东南，缠绵烟水间。
风柔林织锦，雨润玉雕山。
物重原生态，人交肝胆篇。
官家漫禁酒，我辈醉田园。

谒王力先生故居

王力先生故居在博白县城,有王力小学。吾大学所读《古代汉语》即王力先生主编。虽未当堂授课,先生是吾师也。膜拜之际留有小诗一则。

早年负笈仰高山,"文革"斯文寂寞闲。
最忆燕园一勺水,律声脉脉润诗坛。

中秋农家诗 (2016年9月)

豪庭背后小山洼,柿枣金瓜坠晚霞。
秋色不因贫富改,最红最艳在农家。

秋兴

关河风渐冷,月色带秋寒。
圆缺非真像,姮娥乃笑谈。
世声噪切甚,何处有清欢。
诗酒三千里,相期云汉间。

淮阴怀古 组诗 (2016年9月)

清江古码头

南船北马运河长,漫步清江云水乡。
贯古通今国之宝,人间至重是粮仓。

韩信三首

萧何知遇又如何,铁马金戈苦战多。
兔死狗烹同乐殿,至今回响大风歌。

莫道才奇人不知,勋功百战著华衣。
宁为将相冤屈死,不作乡间乞讨儿。

秋光艳艳走淮阴,楚汉风流说到今。
儿负母恩君负我,人间难葆是初心!

秋之思 (2016年9月)

秋月望秋叶,星河云水间。
乡愁心底出,游子梦中还。
真爱多悲剧,鹊桥为讹传。
人生皆在醉,三万六千天。

浣溪沙·为上海滩宴谢秋叶

上海滩头韵味醇,如丝小雨道温存。滔滔未必是深深。 曲径繁华容易醉,江边老树不沉沦。糊涂难得是诗人。

遵义诗踪

八月初,应邀访遵义,得诗一组。

绥阳大地缝

穿越青山碧,来寻溶洞幽。
石钟增一寸,世事逾千秋。
缝窄人须瘦,身高易碰头。
倘如掉下去,那面是加州。

山境

水色兼山色,播州连贵州。
气温随涧冷,心意共云悠。
诗好无关韵,身高不在楼。
新潮和旧事,汇入酒一瓯。

泉源

万物源于水,汩汩皆细流。
出山无小大,入世有沉浮。
雄阔潮千丈,温馨酒一筹。
人心止于此,何必外星球!

怀念孙犁二首

孙犁老师是我同乡，我以师事之。两村相距不过十余里，俱在滹沱河边。今环境恶化，已面目全非矣。

荷花淀的怀念

荷花寥落鸟空啼，蒲苇迎风据老泥。
始信文章憎盛世，天公不再降孙犁。

滹沱河怀孙犁

当年流水绕堤沙，十里风帆到我家。
河井于今皆败朽，不知何处觅荷花。

闻英国脱欧

英伦票决要离欧，一阵旋风吹五洲。
自古彩云容易破，从来聚伙要生仇。
族群累代离乡井，人类又思脱地球。
且幸乡间霾雾少，月儿爬上柳梢头。

金山寺二首

冬日得访镇江金山寺,为白娘子法海事迹所感。

(一)

仙子凡夫岂有缘!大悲大喜大波澜。
从来真爱世间少,只在诗中戏里看。

(二)

青白二蛇偕许仙,金山情海浪滔天。
素贞应悔盗仙草,世上人心医更难!

沪上友聚 时值台风

浦江风雨词

沪上台风骤雨之夜,与诗友聚于浦东。逸明、马力、了凡在座。分韵作诗,得"深"字,误听为"声"字,只好重来,自罚三首。

(一)误韵

台风寒露至,夜幕少人行。
绿叶摇黄叶,雨声杂酒声。
遐思无远近,敲句忘阴晴。
李杜千秋后,吾群补姓名。

（二）正韵

乘得台风至，纵横论古今。
莫言秋夜短，诗酒遏云深。

自嘲

酒酣听错字，多写几行诗。
夜久台风远，幽人知不知？

致青年诗人 （外一首)

致青年诗人

一从屈子赋离骚，累代风华韵更娇。
唐宋未曾诗写尽，何妨我辈弄新潮。

五律·致秋叶

未为寒色动，何惧乱纷纷。
下界堪浮海，腾霄可入云。
悲秋只无语，敲句总先闻。
欲把银河酒，淘来共醉君。

重阳诗草（于辽宁红海滩）

红海滩

九九登高我下滩，八方来鹤舞蹁跹。
世人当羡天公力，抹绿涂红不用钱。

秋潮

九州生气未沉沦，磨洗辽东变幻频。
凛冽西风吹海立，明朝谁是弄潮人。

红浅（今年水大，红滩萧疏）

天边未见打渔船，潮卷秋风火不燃。
只要黎民得生计，红深红浅等闲看。

寄远

飒飒金风唤不回，拿云祛雾向边陲。
秋深撷取红千尺，遥寄南天叶一枚。

湖南攸县丙申学术研讨会（以元曲名家冯子振为副题)

其一　怀冯子振

攸水汤汤溯曲源，文人运命窘难言。
欲邀冯老前台坐，子振说他属大元。

其二 论奖

漫道盛朝诗不孤，由来难得是糊涂。
文坛千载回头望，李杜苏辛获奖无！

附 东坡赤壁之后赋

甲午暮春，余赴武昌讲学，旋作黄冈之游。东坡赤壁在焉。薄雾初收，赤壁俨然。江流千里，无隔南北；云桥一线，连结古今。旧池新亭，无不依依。登台远眺，诵前后二赋，想苏公风采，若公在焉。远近之思，盈亏之辨，俱共天地江流矣！

盖人生之幸，内外谐和而已。遥想苏公当年，屡遭逆境，辗转天涯，达而不颓。赖有知音也。贤内助者，前后王氏二夫人外，更兼体己红颜，即言"满腹不合时宜"之朝云也。云千里相随，幼子生而殇，主公窘而劝，无怨无悔，相伴终了，难矣哉！公之于外，则友儒雅之流，渔樵之辈，徜徉于明月清风间，诗酒相携，放浪形骸，无遮无讳，实乃清欢之至境哉！有此二者，为人足矣！

至于舟客惆怅，东坡答解，愚以为未必有真。人生苦短，宇宙无穷。此忧此虑人皆不免。然细考之，苏公变与不变之说、物我未尽之论，皆未能释解"哀人生之须臾，羡长江之无穷"之惑也。公苦口而婆心，客感其诚而尊其长，未得彻悟而故作释然也。继而以肴酒自醉，达者也！

盖者天地之玄，人生之奥，本无解也。即以科学之见，地球宇宙终不免毁灭之结局。孰能解之、且如何脱之？故君子之道，善待自然、珍重自我、苍天不鉴而吾人自察而已。进而思之，舟行江中，未必有此问答。当是东坡一贯风格，自问自答自宽解而已。于苦中求乐，于不能解处作解，且流誉千载，岂非人生之特智欤！

二编 诗潮秋语

大理组诗（丁酉元月）

宿洱海看诗词大会

相比京都雾色轻，较之南海浪波平。
苍山作枕洱为酒，听赏诗坛雏凤声。

偶题

大理风声大，客流似海流。
老街兼上网，盛不下乡愁。

赛佛

谁人意乱又情迷？头柱高香乐不疲。
佛祖元来只一个，于今千百竞高低。

世相

网络无涯世界小，公司有限手机新。
不知今夜春风起，吹到哪方微信群！

吊霍松林老（2017春节）

年年岁岁春相似，暮暮朝朝花不同。
丁酉文坛何所以，一江寒雪吊诗翁。

关于"属鸡"怀霍松林老

霍松林老在写给我的一封信中说到,他和我有三同:都属鸡,都爱逃课逃会,共同主张诗词"持正知变"。

霍老属鸡我亦鸡,少时逃课忆调皮。
百年巨木栖黄鹤,一代文宗歌庶黎。
不以守成夸厚重,须凭创意占先机。
天间星灿尘霾少,沉夜听君破晓啼。

【注】

霍松林(1921年9月—2017年2月1日),甘肃天水人。著名中国古典文学专家、文艺理论家、诗人、书法家,德高望重,蜚声四海。曾为中华诗词学会名誉会长,陕西师范大学文学研究所所长、教授、博士生导师。

霍松林老2017年春节在西安辞世,享年97岁。

阙题

头上发徐减,匣中药渐盈。
夜深皆在网,无耳听鸡鸣!

贺梅诗

蓟轩梅作舞,大野草奔腾。
是处噌吰语,代他鸡不鸣。

别桃园二首

雨洗风梳一小园，斜阳草树伴年年。
时空渐老终难忘，转向苍茫地更宽。

箭杆河边一亩田，梦中回首十三年。
海棠如玉梅如雪，它处桃花不忍看。

春日报国寺

上午去了北京报国寺，其香火盛于辽元，现为北京城中最大的旧货市场。

当年王士禛、孔尚任常流连于此。吾于此购得《北梦琐言》一册。

报国寺前开玉兰，无香无火忆辽元。
前贤踪迹今何在，拾得遗篇梦琐言。

赠马力

傍晚秋叶自沪来聚会。京战、陈良、黄甜在座。

夜阑把酒纵论诗，桃杏夭夭似不知。
冬雪酷寒春太软，最佳韵味在秋时。

秋叶招聚 短歌以酬（正月十四）

携诗上元聚，座主美才女。
形影掩沧桑，诗心绝尘迹。
鸡鸣花甲时，水涨云新起。
秋叶染西山，一红领千绿。

鹧鸪天·和恭震

真宜假时假亦真，几回天际辨卿云。
掬来古韵千千缕，难报当年寸草心。
星闪烁，月昏沉。东风无力入霾尘。
雁阵归飞春又老，谁道前生和后因。

题民间收藏大展

不同产地不同时，博大精深件件奇。
文化岂能无自信，中华至宝莫须疑。

夜深读史

山川处处隐迷津，青史三千假共真。
将相王侯宁有种，神仙佛道岂非人。
驾言唐宋相因袭，惯见汉胡融复分。
往事如烟还似草，纠缠历史老车轮。

清明寄友

树老偕春老，燕归人未归。
已如疏影瘦，不拟暗香肥。
往事梦中绕，诗心云外飞。
相思千里远，各对一灯危。

华冠商场关闭

小区旁边的华冠大商场，刚刚开了两三年就关门了。

欲吃涮羊肉，层楼全闭门。
不知商海里，波浪有多深！

清明雨

霾雾频来羡月朗，诗词渐笃远官权。
清明最忆家乡雨，梳洗人间四月天。

题刘世琼大姐诗文

豪婉兼融汇大潮，晚阳如火韵多娇。
风云百态皆描画，诗与青城互折腰。

小红女史自西藏寄酒谢之

昨日见君诗,今宵食君酒。
雪山酿青稞,香冽世罕有。
汉中桃李秾,那曲积雪厚。
思君不见君,怅惘挥挥手。

宜春与温泉（3月23日）

江西宜春是休闲胜地,其温汤镇罗列温泉万家。小诗记之。

其一　访明月山

云间一座山,足下万条泉。
口诵月明句,手持小竹竿。
城中春雨细,峰顶日光妍。
最羡陶元亮,吟诗还种田。

其二　宜春随感

盛世多隐者,来归明月山。
何须羡城市,霾雾与金钱。
旧日风云老,春山采笋鲜。
人生自设计,至爱是清欢。

泡足池（江西宜春）

山柔水暖美于诗，细雨潇潇意态痴。
谁能赐我千支足，踏遍温汤十万池。

奇诡

轮回寒暑变阴晴，花有枯荣树有型。
唯独权奸看不透，火烧斧砍又芃生。

桃花曲

世上痴情待剪裁，诗人曲径莫徘徊。
红花谢了青桃秀，明岁携春还复来。

七律·自嘲致广训同学（5月22日）

惯于梦里画宏图，网络手机费眼珠。
朝野多霾缺好雨，知行难合费功夫。
几番花信心寒暖，一片卿云意卷舒。
默默平居皆不贱，时时相望在江湖。

春思

又于春日忆冬时，人至暮年怀故知。
四面新花渐成海，一人独坐只为诗。

野三关组诗（2017年3月）

应邀去了湖北恩施野三关，得谚语曰：冬去三亚，夏到三关，世界之最，此处有三。
世界之最者：桥坝、绝壁、天河。

口号

连结天上与人间，世界第一此有三。
往昔游踪停不住，今番歇息野三关。

绝壁天河

沟渠苍翠水潺潺，长忆当年凿路难。
若问吾身在何处，半山腰里望人间。

野三关颂

野三关上，瞻望四方。左连恩施，右接长江，东西纵横，三峡宜昌。神农作架，武陵为窗。千河清澈，万山琳琅。明丽自然，吞吐洪荒。人文荟萃，华而有章。物博民朴，桃源仙乡。气韵佳绝，夏日清凉。避暑之都，洗肺清腔。居之既久，心安寿长。珍之颂之，至吉至祥！

【注】
野三关，在湖北恩施。

访土司城

旧基之上起高房,龙凤盘旋铜打墙。
远逝土司当慨叹,当年哪有此堂煌。

晤老友刘礼鹏

当年恩施诗词学会秘书长刘君礼鹏,与我诗交甚笃,指寻清江文化公园里,我的一首诗刻石的方位。

又见当年刘礼鹏,诗家虽老气干城。
不期刻句能长久,唯愿时风共水清。

鸡年又到宿州

谢童震勇兄赠荔枝王

娇红飞过万重山,硕果如拳压玉盘。
不待贵妃开口笑,已然醉倒采风团。

赠元华女史

霓裳歌舞动皇家,曲调初谐落日斜。
不识贵妃真面目,此间唯有李元华。

采风行

宿州四向走通途,连日采风难尽书。
垓下稻葵繁也矣,溪边钓叟乐之乎。
英雄末路小情调,女子临危大丈夫。
所叹淮阴韩壮士,大风歌罢掉头颅。

虞姬断想

自古红颜少知己,女中豪杰一虞姬。
李家漱玉豪词在,未免江东作两栖。

在磁州作(2017年6月8—10日)

住磁县嵩景楼宾馆 时农历五月十五

倚山抱水画难收,北国风光此占优。
草漫兰台标往史,歌飞嵩景上层楼。
泉湖已胜西湖大,瓷韵还兼酒韵稠。
一缕乡愁连月起,博陵孤客在磁州。

梅叶

惯看冰姿岁月初,匆匆春去色难居。
倩谁留意梅之绿,绽出尖尖玉不如。

鹧鸪天·夏日梅园

夏日入某梅园。面对一派绿色，诗人竟不识梅。其实满园皆梅也。知其花不知其叶，知其春不知四季。难矣哉！

岁岁将梅写入诗，置身面对竟疑之。
只缘春去花飞尽，碧色层层护老枝。
风寂寂，日迟迟。炎凉雪雨渡周期。
可怜世上知音少，一点初心未久持。

兰陵王墓二首

其一

斑驳碑文辨不详，兰陵阵曲动扶桑。
林间知鸟声声里，哑了蛙声麦子黄。

【注】
兰陵王破阵曲唐时传至日本，被尊为神圣。而国内失传久矣。日本人每年都来此墓祭拜，并现场演奏。

其二

墓草青青芒种天，兰陵风采忆当年。
北朝多少宫闱事，散入乡间作笑谈。

【注】
北朝时期内斗频繁，杀戮残酷，一般君主在位不过数年，是中国历史上最黑暗、最混乱的时期。

野草花系列

绿草吟

世间第一绿,莫过草青青。
雪打根伸展,风来叶纵横。
天涯不辞远,脚下亦能生。
伴得百花艳,何须标姓名!

绿草

平居百姓帝王家,行遍天涯总见她。
炎凉无改君本性,终身翠绿不凭花。

虫草

是虫是草迥难分,历夏经冬值万金。
纵使全身都作药,难医世上巨贪心。

雪莲

不予争春不报春,芳心寂寞雪中身。
一枝独秀天山顶,未染人间半点尘。

荠菜

最早萌发是此身,着春犹自带泥痕。
待到群芳凋谢日,白花簇簇祭春魂。

喇叭花

繁花朵朵一根藤，偏向篱笆树上行。
世上已然嘈切甚，最高境界是无声。

车前子

消炎止痛叶须根，往昔医家遍处寻。
世道于今重洋药，开花结果可全身。

背阴花

身处墙根且背阴，冬长夏短岁寒心。
一生不得阳光顾，依旧欣欣向众人。

草色

红叶随风无觅处，曾留残绿雪中存。
东风毕竟无颜色，小草将青借与春。

本色

画里穿行四月中，勃勃万物竞峥嵘。
夕阳染得天如火，小草依然不受红。

涿鹿诗聚（8月）

连结京城路不遥，幽燕风劲雁飞高。
携来慷慨悲歌气，催动诗坛涌大潮。

问鹿

山深草莽云长,万物生灵故乡。
此地名为涿鹿,不知鹿在何方!

到鸡鸣驿

倚得青山筑驿城,诗人到处问鸡鸣。
怜他静默无人语,跃上城头叫几声。

访鸡鸣驿

倚山筑垒势嶒嵘,道是明朝古驿城。
几瓣槐花如雪落,谁家犬吠替鸡鸣。
勋功显赫死还朽,黔首不名繁且荣。
但愿干戈无再起,油盐柴米世风清。

"三祖堂"怀古

杀声扰扰变歌声,三祖赫然供一庭。
屡证刀兵压翰墨,莫忘民重君为轻。
开天任是星纷乱,造物由来地不平。
贫贱悬殊当认可,但求百姓得熙宁。

"炎黄大战"

其一

桑干百代任消磨，山峻风高古战多。
遥证先人即性恶，屡从鹿野动干戈。

其二

将信将疑觅至知，半真半假史和诗。
宜非宜是炎黄帝，颂到神州一统时。

博陵老家拾句（2017年8月26日）

博陵文化酒

千年传古方，好水酿高粱。
抱得博陵酒，村村户户香。

诗词苑

暑去秋来入画屏，千年不老是诗声。
九州看遍桃花阵，唱到博陵最动情。

桃花园

池塘潋滟响群蛙，林表无声对晚霞。
多少官权淘漉了，我诗依旧唱桃花。

斯里兰卡十日 （7月）

题记

万里南飞大暑时，清凉燠热任由之。
掬来印度洋中水，试写中华几句诗。

坎德拉玛日暮

抱水携山落夕阳，天茫茫处海茫茫。
诗人愁绪真难解，不似吾乡思故乡。

冲天海贝杉

观之如石柱，敲击若铜铸。
内有水流声，原来是巨树！

公母椰树

左株累累果成群，右树尖尖茎几根。
道是相交又相望，一公一母守光阴。

菩萨蛮·避暑斯里兰卡

炎炎京沪似汤煮,空调电扇难消暑。酷热乱寻凉,南飞印度洋。　　班达拉奈克,此岛真不错。淡季客如云,九成中国人!

菩萨蛮·拜佛

世间只有佛一个,金身修了千千座。盛世赛辉煌,众生朝拜忙。　　进庙便参禅,大钱并小钱。谁个敛财多?真佛输假佛。

锡岛木桩钓鱼

散乱木桩矗浪中,望山望海望辽空。
移时未见一竿起,不钓鲸鲨吊大风。

锡兰对浪

前浪悠悠后浪来,诗人至此莫徘徊。
敲成利句疾于弩,把两大洋分划开。

女皇温泉（女皇武则天故居在广元）

广元城外绣成堆，日月空明似又回。
先帝已然开盛世，女皇岂可让须眉！
高低山色涂缥缈，疏密雨声织翠微。
最喜一泓泉似乳，洗磨今古是和非。

女皇乡情

信是佛心兼爱心，女皇乡里有知音。
乾碑虽则一无字，指看利州诗满林。

赴昆山诗会

昆山路远不迷津，莫辨值秋还是春。
禁苑难封闲散笔，山川未瘦远游身。
乡思渐欲如云懒，网瘾居然共酒勤。
偶有推敲忽忘韵，随机抛入某诗群。

昆山印象

闻道昆山尽枕河，诗人寻访旧时波。
塔光桥影交融处，秋色胜如春色多。

昆山秋意

白驹华发莫相违，乘兴云游任性归。
秋叶红初云北渡，大江歌罢月西垂。
滹沱旧岸埋沙底，元社新词动水湄。
诗酒灯船频入韵，醉了朝霞与落晖。

【注】
滹沱河是我家乡冀中平原的大河。旧岸今已湮灭矣。

苏州博物馆三题

展览

穿越时空外，沉埋天地间。
从今溯到古，走了几千年。

精瓷

多少人工磨砺，几番烈火焚身。
敢对专家叫板，看他孰假孰真！

联想

博物馆旧址是忠王府，与拙政园毗邻。

莫论忠王忠不忠，世间自古便无龙。
几回宫阙成灰土，留与游人漫说评。

宿昆山

暑热蝉催去,秋风雁带来。
昆山藏古玉,商海秀新材。
岂但近功利,还须远雾霾。
诗思重淡远,元社垒高台。

顾炎武故居

沧桑若许年,阶石印斑斑。
松柳凌云慨,陵碑血火言。
千灯窥酒巷,百姓议楼盘。
谁记君名姓,诗书渐淡然。

千灯镇

鸟自喧哗人欲静,红纷纷对绿青青。
悠然百态入诗话,我看千灯成一灯。

致秋叶说退休

燕子衔来一叶秋,江涛拍岸也回头。
夕阳红醉昆山顶,谁向诗人说退休。

小恙呕吐

昆山露冷夜偏长,秋夜耿耿酒渐凉。
大肚难容污秽物,吐他倒海与翻江。

浦城采风组诗（2017年9月27日）

九龙桂

浦城九月已秋深,未见红香丹桂林。
非是众芳皆向暖,有时寒冽值千金。

【注】
　　浦城为丹桂之乡。往年九月份红香满城而今未见。盖因天暖寒风不至也。

浦城行走

卿云片片对青清,指看南平路不平。
几阵雨声连瀑响,半边山色共霞明。
喜天喜地歌秋日,爱草爱花怜众生。
两岸更期成一统,欣荣百业罢刀兵。

际岭田家

迤逦向山行,田畴围翠屏。
竹深描曲径,瀑响盖蛙声。
天运谐诗韵,文兴助业兴。
嗟余真老矣,不复务农耕。

大水口山村二首

七律

秋日观山阴复晴,鸡声还在最高层。
树经霜冷叶生彩,人至峰巅气渐平。
往昔乡村慕城市,于今诸业羡农耕。
老来难得倚山醉,土酒野蔬杯莫停。

绝句

一路拨云还看山,羡他耕者有田园。
欲来此作神仙住,难舍一平十万钱。

丹桂花叹

平野深山随处家,不经寒冻不开花。
娇红时节遭棒打,滚滚汤浇冲作茶。
留得虚名传四海,其身早已委泥沙。

诗人之会

月未团圞花未红,诗人心志古今同。
兴观群怨春秋意,写入丹霞十二峰。

浦城印象

秋韵满秋城，果丰万物荣。
蝉鸣鞭炮响，未敌读书声。

肇东秋分诗草

第一峰戏题

五十六米土堆成，人道肇东第一峰。
勇气可嘉古稀汉，半山腰上展雄风。

湿地所见

秋比京华艳几分，清柔湖水对卿云。
可能失却来时伴，一雁低迴不在群。

秋分访八里城

翠涨一城深，晨光照晓林。
狐仙不言宋，稻黍竞描金。
倏尔登金殿，匆然没草蓁。
唯其诗不老，把酒唱秋分。

肇东行走

往史忽如昨，悠悠九百年。
鹰飞五城北，马踏两淮南。
凿引松花水，垒成石土山。
人心久不古，况乃是诗坛。

古寺偶题

鹰飞白云上，烟绕藋藜间。
古寺无暇日，收钱并说禅。

红色二首

本是河滩草，乡人唤碱蓬。
无心媚时世，只是作秋红。

大海太孱弱，残红浮不起。
莫如驾东风，回到春天里。

秋草

一片辽秋草，未因花著名。
春分水寂寂，寒露火峥峥。
无关鲜血染，不趁大潮生。
何必问来历，直须写性情。

中秋月

周天运转未曾停,照见人间路不平。
物我难分谁客主,诗言志者更言情。

南乡子·重阳

重九又登楼,如练长江若不流。淘漉古今多少事。难收。拍岸惊涛又掉头。　　万里送归舟,行遍天涯志未酬。休对故人思故里。新愁。心在春天身在秋。

中秋感怀

季候变炎凉,人间望月忙。
祝花一盏酒,裁句两三行。
旧事连心事,情长入话长。
可怜秋梦短,到不了家乡。

偶得

每逢节庆乱纷纷,声浪嚣嚣高入云。
万物天然皆美好,万般窘态是人群。

日出

分秒之间变旧新,霞光起处灿无伦。
一球旋转周而复,彼是黄昏此是晨。

初秋夜雨

急雨拍窗秋不凉,鸡年本命夏偏长。
寻根北拜炎黄庙,避暑南翔印度洋。
高铁疾奔怀土路,夕阳红透忆高粱。
相思又作归飞鸟,每落故乡老土房。

秋来自嘲

秋叶无声响,窗前冷月孤。
求知难达理,问路总迷途。
微信千千万,不如一卷书。
诗心尚清醒,名利已糊涂。

七夕

山高水远意缠绵,仰望银河年复年。
目力渐衰诗性在,直将缺月看成圆。

老同事聚会有感

暖寒似雁迥难期，跟着冬春作转移。
共忆年轻尴尬事，相看互笑老头皮。
就医渐觉药单厚，聚会多因病不齐。
寻思人生多路线，何拘南北与东西！

赞敢峰

昨日拜访敢峰先生。八八米寿年尚在攻研四色定理，夙夜奋斗，志在突破。这是世界数学难题啊！令吾辈感佩不已。赞曰：

宏图四色画方圆，白发苍苍志未删。
最是殷勤方老敢，总能红在夕阳前。

致秋叶

西风吹冷杯中酒，霜叶染红云外山。
诗情胜却春秋笔，涂抹相思不忍删。

老树自嘲

土气消难尽，不材偏爱才。
有心修往史，无意望高台。
大肚粥填就，余钱字换来。
迷津难与渡，我愿在尘埃。

客中

又于疏径探新庐,一抹水痕连小湖。
远客琢磨花意思,主人展示酒功夫。
手机频响理还乱,微信时来旁若无。
沉醉由来多误事,半醺半醒胜糊涂。

答马力女史

老树北方来,殷勤谢马力。
怜我粥填腹,宴诗香格里。
赖有后昆扶,一醉尚能起。
暑盛亦知秋,临风共展翼。

河西走廊组诗(10月)

凉州词一

天下豪情聚武威,千年古月放新辉,
葡萄美酒金光满,又把凉州唱几回。

凉州词二

大漠长风无尽头,黄河千里一壶收。
山川聚得英豪气,振起中华耀地球。

兰州秋雪

几弯几跳几回头,不废长河日夜流。
已架铁桥连朔漠,更添白塔镇边州。
丝路迤逦常描夏,雁阵盘旋又唱秋。
寒露时分雪满地,携诗携酒共登楼。

登峰漫题

花驼岭上展娇颜,无赖骚人眼欲穿。
还是佛爷心性好,美人在侧不纠缠。

望秋

薄雾因风渐散开,朝霞如水洗尘埃。
周边上下皆红色,笑问秋从何处来!

登花驼岭和同振兄

不诵佛经不慕仙,英雄喜过美人关。
石驼峰上烽烟止,难得平民睡梦甜。

【注】
岭上有卧佛和睡美人。

泸州诗酒歌（11月）

沱江水汇长江水，老酒窖连新酒池。
为识泸州真面目，我来旧地觅新知。
躬逢盛世祝华年，山作琴兮月作弦。
云蒸霞绕馨香里，应是泸州载酒船。
乡愁带酒沁肝肠，白发红颜对紫阳。
倘使人生常在醉，算来三万六千场！
何时诗酒结相思？美酒缘何令我痴？
李杜苏辛称醉日，当为半醉半醒时。
微醺醒悟任由之，倾倒千杯贵自持。
酿造沧桑真里手，泸州一酒万家诗。

访桃江及岳阳组诗

又登岳阳楼

范句登临旧，斯楼屡见新。
滔滔天下客，谁是践行人！

浣溪沙·桃江

屈子行吟石上秋。悲天悯地未曾休。两江泪作一江流。　　羞女倚山添雅韵，娇花醉酒惹乡愁。明朝争看大潮头。

浮邱山寺赠明仁大师

千秋成一瞬，古寺若浮邱。
谁道空无物，凡间香火稠。

访飞水岩

午后入秋林，桃溪石径深。
杂花如旧友，箭竹似新军。
爱此清潭澈，叹他茶韵醇。
田家最堪羡，独占半山云。

桃江竹枝词四首

登屈子钓台

在桃江与资江汇合处，传屈原曾在此问天、钓鱼。

两江合处荡诗魂，水有微澜山有痕。
古不视今今视古，几人真意效屈原！

入竹海

翠色弥天沙路滋，山人相对少相知。
我言竹色过幽密，竹却笑我太媚时。

【注】
吾着红衣入竹林，万绿丛中红一点也。

观竹楼

山外竹林上小楼,黑茶老酒古今愁。
多少看台坍塌了,竹林依旧笑春秋。

桃江曲

资沅之水古来悠,流到桃江古渡头。
屈子遗踪白云外,茶香自此带乡愁。

走桃江

客路潇湘见,水柔山草香。
诗魂逸天阁,好女醉桃江。
筑舍白云外,放舟荷柳旁。
诗人乐不返,只道是仙乡。

古今

江水自桃源,倚山可问天。
长沙怜太傅,吴楚念屈原。
往事烽烟渺,仙乡路不难。
美人窝里住,一梦醉千年。

再访遵义组诗（2017年11月）

遵义秋

遵义红楼色未磨，如烟往事付蹉跎。
娄山关口遥相望，大野原来绿色多。

娄山关

若在天边若眼前，秦娥一曲唱年年。
如今车马翩然至，谁解当时行路难！

茅台打油

茅台国酒百年春，美了山川利了民。
阵阵馨香穿肺腑，是非醉醒各由人。

会议旧址

遵义正秋深，细雨湿遗址。
世象黑黄白，依然擎赤帜。

海龙屯（原为土司杨氏盘踞地）

筑得铜关复铁关，人工未抵石头坚。
几多豪杰称天子，来去匆匆没草间。

海龙屯诗和葆国先生

无龙无海有人烟,宛转石阶三百旋。
老汉漫描马道险,村姑争说野桃甜。
木房清爽少人住,古堡峥嵘有客攀。
更道播州多古寨,巅峰只在娄山关。

谒柳州"柳侯祠"

初冬南行,飞到柳州,第一件事就是谒"柳侯祠",追念"唐宋八大家"之一的柳宗元。

柳宗元(773—819)一生曲折,颇为传奇。在"二王八司马"改革事件中并非主角,于"古文改革"却与韩愈一起是扛鼎人物。他的特色是极具思想性和挑战性,极为晓畅和极为简约。如"小石潭记""独钓寒江雪"那样的绝品。

古谚云:"死在柳州"。柳宗元死在柳州刺史任上,其时才四十七岁,真不该死!这里人们敬仰他,有柳侯祠和衣冠冢。柳宗元在唐代并未封侯。他去世将近三百年后的1104年,宋徽宗敕封他"文惠侯"。南宋高宗绍兴二十八年(公元1158年),又加封为"文惠昭灵侯"。"柳侯"实际是人民封的。至于遗体归葬何处,据柳氏后人认定,是在西安的少陵塬。

柳宗元是我最为景仰的古贤之一。故于淅沥细雨中于塑像前深施三拜,为诗者二:

谒柳侯祠之一

新亭古柳转时空,朝野寒温各不同。
盛世才多个性少,长竿何处钓清风!

之二

柳江有幸待先生,雨住风消波未平。
累代问天天不语,世人犹自作多情。

三江侗乡"风雨桥"

久慕三江风雨桥。桥在广西三江侗族自治县,为世界四大名桥之一。程阳桥为旧桥,在乡间程阳镇;三江桥为新桥,在县城。其桥长三百多米,卧波如龙,宏伟壮阔,朴而有华。整体木构,不用一钉。工匠与人民大众的智慧造成世界奇观,殊可叹也!应三江县文联主席诗书名家杨顺丰先生之邀,是夜宿侗寨家中。村名"高友",是原生态文化保护单位。得拜其老母,参与歌酒,体验侗家生活。有诗与歌以记之。

题风雨桥

一桥襟抱向天开,水似流银山似栽。
淘尽千年风共雨,今朝飞出好诗来。

酒中对歌

高友歌甜韭菜香,农家米酒木楼房。
老来识得秋冬味,燃起诗情在侗乡。

夜宿侗楼

寻觅三江道路长,和风和雨过程阳。
深山静夜原生态,较比城中韵味长。

鹿寨三日

  广西鹿寨县,有"中华第一寨"之称。山水与桂林阳朔相邻相连相类。其香岩桥为国家级溶洞景区,天然成桥,滴翠成湖,别有洞天;又访大瑶山与月亮湖。更有韦秀孟女士与壮、瑶、侗、汉各族朋友引导陪同,亲山水、谈诗词、赏民歌、筑友谊。广开眼界,收获难忘。有两则白话诗记之:

鹿寨行

北国寒秋日,南飞鹿寨行。
歌如辣椒辣,心若碧溪清。
交友直须直,观山不喜平。
莫分瑶汉壮,只要有诗朋。

大瑶山

困居闹市度年年,心慕行云流水间。
路远天涯还有寨,谷深峰顶净无烟。
开怀拥抱白杉树,洗面摩挲茶色泉。
且喜冬阳初照暖,观云胜过九华山。

鸡年词选

菩萨蛮（初放）

世人皆道梅香远，梅花不管春深浅。是岁多尘霾，春前依样开。　　谁言君寂寞，寒暑全经过。我写赞梅诗，梅花笑我痴。

菩萨蛮（开过）

世人皆道梅花早，梅花兀自开过了。怅惘意难收，人花有代沟。　　鸡鸣三两处，难破霾和雾。明岁是何年，梅花不肯言。

卜算子·野梅

不惯庙堂居，未向街头卖。阅尽冬春雪与霾，花落精灵在。　　不管解乡愁，不理相思债。一任世人说短长，本性无须改。

鹧鸪天·鸡年浦东

黄浦冬寒潮未来，无鸡无舞我悲哀。
已然漫洒些些雨，尚待冲天滚滚雷。
风起落，月徘徊。百年淘漉几多才。
民生尚有千千结，莫使霾开心不开。

浣溪沙·黑暗

大半人生在暗中，儿时仰望满天星。惯于长夜待黎明。盛世时时无静所，城乡处处竞华灯。强光浸染祸非轻。

水龙吟·为中华诗词和梅翁

古来有水无龙，诗人漫作龙吟曲。蓦然回望，五千信史，九州风雨。　几多勃发，几多沉寂，新城旧户。历沧桑三劫，复苏万象。人未老，看不足。

把酒登临送目，跨时空，吾民吾土。雏鹰劲舞，奇花斗艳，群峰秀玉。　后浪能推，前波善引，关山飞渡。展中华伟业，锦章妙律，大鹏新赋。

安排令·命与运

安排鸡命，安排狗命，安排不了是天命。安排读书，似奔命！　何方热捧，何方清冷。何方风雨掀翻井！几人痴醉，几人醒！

鸡年绝句选

梅之叶

惯看冰姿岁月初,匆匆春去色难居。
倩谁怜取梅之叶,绽出尖尖玉不如。

日出

分秒之间变旧新,霞光起处灿无伦。
一球旋转周而复,彼是黄昏此是晨。

七夕

山高水远意缠绵,仰望银河年复年。
目力渐衰诗性在,直将缺月看成圆。

科技畅想

量子纠缠意态奇,精神物质迥难知。
骚人不管冬深浅,把酒临窗还论诗。

偶得

世上人情浅,心中草木深。
依依相送罢,何处可归林。

又登岳阳楼

范句还依旧,斯楼屡见新。
滔滔天下客,谁是践行人!

题范仲淹先生像

北风卷雪草离纷,塞上边声雁失群。
天下乐忧连广宇,文人襟抱压将军。

春来茶馆

芦花荡荡水迢迢,阿庆浑家斗小刁。
我在春来茶馆坐,于今蟹价比诗高。

【注】
　某诗词杂志一首诗稿费10元;而阳澄湖大闸蟹一只须40元以上。

弃笔词

一枝笔,欲丢弃,忽怜之。

苍秃不复锐尖尖,投入废箱心转怜。
瘦骨纤纤曾伴我,勾画风云若许年。

霾又来

这边冬日那边秋,寒暖忧欢共一球。
天地有霾非可怕,最难去者在心头。

梅信

鸡鸣犬吠莫须闻,冲破雾霾划破春。
南北东西全不管,人间只要有知音。

雪之思

无雪怨天旱,雪飞叹路难。
人心之不足,常在有无间。

问雪

水岸已无鸥做伴,山中尚有叶堪珍。
冬深未见雪消息,但信梅花不误春。

答友人

三十年来诗共瓷,老来剥茧且抽丝。
逐流归海寻常事,忘却巴山夜雨时。

寒食邯郸道诗草（戊戌清明）

应邀去邯郸讲座。第一日骤热32度，第二、三日大风降温极冷。其间得访临漳三台，魏县梨花和广府古城。有记。

又登邯郸丛台

丛台为赵武灵王演兵之地。历代毁修，非复原貌。明诗人王世贞有"邯郸丛台已非旧"之句。吾三十年后又登临，感慨而续之诗。

丛台风雨已非旧，世事何尝不变新。
滚滚潮流时不待，后人信是胜今人。

梨花

一见梨花不忍离，折腰扑面道相思。
移来冬月雪千尺，绽放春头玉万枝。①
铜雀台荒歌杳杳，建安酒冷日迟迟。
龙蛇湮灭遗踪在，早把沧桑写入诗。

【注】
① 北京三冬无雪，想是向南转移作梨花了。

建安

临漳魏郡路多歧，墓冢人疑我不疑。
检点雄才多毁誉，辨来正史有迷离。
谁期天地分三国，未料干戈出好诗。
春风胜似秋波涌，应信今时胜昔时。

偶得

如海如云雪满枝，一时娇艳胜多时。
梨花落地香魂在，化作春泥更作诗。

风中

细柳先伸绿，海棠后绽红。
梨花无叶护，独自战西风。

漳河怀古

桃李又峥嵘，携春原上行。
俯身瞰漳水，不及旧时清。

三曹故地

临漳，有三曹故地，建安歌台。铜雀台早被漳河冲坍，漳河又被泥沙埋没了。只有被栏杆封闭的弘济老桥，还在诉说千年风霜。

几度涨潮还退潮，三曹故地雨潇潇。
漳河已被泥沙没，广府春深锁石桥。

题学新会长置酒

采风未动冷风来，郊野群芳落复开。
铜雀春深锁不住，歌诗飞上最高台。

偶题

一夜风寒拷问春:明朝踏野有谁人?
君看才女梨花下,斗酒斗诗皆不群。

煤矿工人礼赞

筑路斩洪荒,开山掘宝藏。
惯呈黑面色,难掩赤心肠。
汗血连生死,薄薪酬故乡。
寄言朝共野,忧乐莫相忘。

峰峰

浩然正气聚峰峰,山似长城洞似龙。
宝藏深深掘不尽,能源诗火两熊熊。

响堂村印象

在河北省涉县太行山下,为全国十大最美村庄。

一路泉声响,忽然境界宽。
飘飞乡土味,摇曳画篷船。
父老聊新貌,瓷家列古玩。
村庄有个性,莫道似江南。

清明蓟州梨花节（戊戌春）

山里莺啼山外听，春来万木各欣荣。
梨花不与雪争艳，和雨和风润古城。

大野梨花

梨花遍野勿须门，开遍山前山后村。
何事如云还胜雪，只缘老树有深根。

梨木台

寒烟一带暖融融，山下梨花山上松。
君向读奇台上望，诗人已在最高峰。

墓群

人事论级别，尊卑见不平。
转看荒野墓，草色一般青。

独赏

蓟州深处古山崖，细雨春风湿万家。
好景四时难尽看，清明独与赏梨花。

西江月·蓟州行

胜日寻芳乐土,清明体味春深。山行处处见卿云,穿越梨花阵阵。　　小院风情一角,新蔬老酒三巡。文坛农事励耕耘,秋日收成莫问。

梨之果

春晚花尤艳,秋深果愈甜。
问君何所在,幽蓟水云间。

洛阳关林诗（4月24—28日）

四月二十五日赴洛阳关公文化国际大会,带来一部《关公大传》书稿。傍听为主,为诗一组:

关公盛会

关林赴会雨潇潇,追古抚今意气豪。
欲靖妖氛三万里,天山秦岭可磨刀。

塔与花

春满洛阳城,牡丹见一朵。
白云高塔间,剩有诗和我。

女皇宫

一声万万岁，乐舞起多姿。
恨不醉于此，夺袍还论诗。

戊戌暮春西安行（2018年4月20日）

过城南庄怀崔护

城南异代不同时，滚滚烟尘车马嘶。
人面桃花俱湮没，千年未泯是君诗。

【注】
博陵崔护，乃吾之乡人也。官至监察御史、岭南节度使。许多人不知他曾是副国级大官，却牢记了他的人面桃花诗。

"诗茶之约"次韵谢苦竹先生

"诗茶之约"群诸君日前于古都西安，蒙陕西师大教授苦竹先生设宴款待。席间有胡教授、安儿诸诗家。苦竹先生有五律记其盛，和而谢之。

日暮长安市，薰风坐几人。
已于名利远，转与古诗亲。
酒老微微醉，茶香淡淡匀。
相邀辋川笔，秋色抹成春。

酬安儿秦腔

携得春三月,乾坤装半壶。
悠然替寒暖,次第展荣枯。
几度诗翻酒,谁家竹胜茶。
秦腔歌一曲,醉卧古皇都。

题"诗茶之约"群

红牙铁板各风骚,际会长安韵最娇。
天地人和诗给力,旧瓶装得大江潮。

减兰·石榴花

嫩枝花小,裁剪春风端正好。
翠幕低垂,游子天涯何日归。
晨昏面对,谁道多情多负累。
月朗云轻,已把新知作旧盟。

减兰·和友人咏石榴花

亭檐低小,醉里看花花更好。
吐翠描金,圣手丹青画不匀。
诗情胜火,应是当年那个我。
旧雨新知,总向不平觅好诗。

江西上饶二山（5月10日）

登高

佛道融溶汇上饶，芒鞋竹杖入云霄。
是非荣辱全抛却，诗与青峰互折腰。

遥望

仰望灵山雄且灵，晓烟散尽晚岚轻。
高峰迥立高原上，于不平中望太平。

诗心

山环水抱势峥嵘，踏破铁鞋云外行。
历井扪参勿须叹，诗心已在最高层。

三清山

一路攀援停复行，四围风物画难成。
三清山在云霄外，远眺京城看不清。

心境

身在迷途心不迷，山丛竹海结新知。
每从险路探佳境，便向不平寻好诗。
仰望奇峰真亮眼，俯身泉水更醒脾。
老来抛却京城雾，热泪忽沾游子衣。

萧县采风组诗（五月中旬）

山谷皇藏洞三首

　　萧县之皇藏洞，相传是刘邦躲藏之处。今天第三次来，还是那个样子。只是想，有多少人进来藏过，又多少人从这走出来。为什么只有刘邦当了皇帝呢？

其一

进山是盗匪，出来做皇上。
唱起大风歌，就是不一样。

其二

霜刃十年磨，当仁莫须让。
入山不出来，他人做皇上。

其三

花新石老入林深，变幻龙蛇说到今。
山洞幽幽无奥秘，元来胜负在人心。

题萧县园盛园

人间百般色，唯绿最堪珍。
装点地球貌，润滋生命魂。
盛园容四季，妙手绣三春。
何以能持久，谐和天地人。

"青花"与"黄山"的接合

戊戌年博陵第元瓷研讨会在黄山太平举行。

这是古与今的结合，文与物的结合，尤其是青花与黄山的合璧。感谢历史，感谢中华文化！元瓷张文进大师就是安徽太平人（今黄山龙门乡）。他们那一代工匠，艰苦创业，制作瑰宝。传承与发展了中华文化。动乱之际，东躲西藏，千方百计，留与后人。我们，爱历史，喜诗瓷。诗曰：

元瓷漫道是谜团，藏窖镌文史未删。
一跳龙门千里远，青花轮渡到黄山。

【注】
张文进所在龙门乡，村名"轮渡"。

再访桃花潭

三年前曾访泾县桃花潭,有诗记之;今又为文化事来黄山,得便又访桃花潭,记之以诗。

青莲祠

桃花潭水几多深,问罢茶山问竹林。
李白依然我偏老,莫知后果与前因。

汪伦祠

小满时分遥忆春,桃花谢了草茵茵。
时风不再清如水,哪管今人胜古人。

马鞍山与采石矶

初夏至安徽名城马鞍山。此行为诗瓷而来,一是拜谒诗仙太白终老之地。二是同元瓷博陵第藏友交流切磋。记以小诗。

马鞍山到当涂

昔人已作龙腾去,留得雕鞍忆谪仙。
瓷耀博陵成五彩,石凭月色醉千年。
书中尚有黄金梦,世上已无李杜篇。
我向当涂歌一曲,翠螺出水化青莲。

【注】
采石矶所在名"翠螺山"。

三元洞怀李白

石矶脚下三元洞，聚得江声似隐雷。
远近渔樵犹唱晚，往来剑戟已成灰。
春歌诣阙挥曾去，秋月横江捉不来。
淘漉贤良无计数，不知几个尽其才！

捉月台

石矶载不动，一醉堕江心。
回返银河去，诗声遥可闻。

念奴娇·当涂谒李白墓

山高水阔，到头来，只有当涂留得。采石矶旁，云渐冷，月醉秋江难捉。遥忆凤城，天子呼也，舍船曾诣阙。宾朋四海，汪伦尤是情热。　　蜀道难当剑酒，向云帆直挂，三千白发。不测风云永王事，豪气云霄跌落。成败由天，诗名长在，人生皆过客。四围草树，至今未改颜色。

题徐书义先生《鬼谷风云》

谁个下山敌万军？千年鬼谷漫烟尘。
一朝落入徐公网，换骨脱胎页页新。

戊戌诗人节（在荆州）

口号

爱国爱家爱自己，喜文喜物喜诗瓷。
博陵五彩真绝妙，胜似青花君莫疑。

荆州印象

百代鏖兵地，江河带血流。
几番争战罢，依旧属神州。
墓草连天碧，笙歌入酒楼。
应怜屈夫子，未解赛龙舟。

诗人节 二首

一

当涂谒青莲，荆楚祭屈原。
古今思量过，下笔却茫然。

二

屈子洞庭水，润之橘子洲。
行吟荆楚地，未必是闲愁。

古城

大野依然绿，烽烟散未留。
孔明多谨慎，关羽失荆州。
天命终难料，贤才尚可求。
诗心似江水，扰扰复悠悠。

望远

荆楚依然是，豪雄去未留。
君看大江水，偶尔也回头。

南欧行诗草（七月 值足球世界杯）

　　七月，去南欧西班牙、葡萄牙二国旅行。本不想写诗，适逢足球世界杯，又漫写了几句。

欧洲行

亚欧跨越任飞驰，恰是足球鏖战时。
我在西葡边界坐，人心至净是无诗。

西行偶得

携风飞万里，转眼是南欧。
他去看球赛，我来逛地球。
人心自有异，风雨不同舟。
世事如云乱，诗人可自由。

西班牙观足球大战

在西班牙大教堂旁某咖啡馆看球。西班牙队进球,鼓掌;俄罗斯点球进,又鼓掌。旁人质问我是"谁的球迷",答曰:"我是中国人,除了不给中国队鼓掌外,谁进球都鼓掌!"心中突然倾向俄罗斯。最后俄罗斯点球赢了!诗曰:

  教堂观不尽,游荡在街头。
  坐进咖啡馆,看他一场球。
  俄罗斯胜了,非喜又非忧。
  试问中国队,何时出亚洲?

塞万提斯塑像

大作家塞万提斯命运多艰:参军致残又被关押,多亏教会和家人凑齐五百金币方得赎身。好在《唐吉诃德》一书成名不朽。诗曰:

  金币赎身始得归,满腔苦辣诉阿谁。
  老唐未解诗词律,敢向风车刺几回。

过皇马足球场

  王朝更迭数千年,贵胄姻亲生不蕃。
  霸气须当杂交种,把球踢上九霄间。

南欧断想

南欧原野望，满目尽苍黄。
春草呈枯色，葵花不向阳。
江山频易主，族众屡流亡。
欲解天人事，教堂连教堂。

毛驴小镇米哈斯

漫漫丘山黄间红，阳光草树海洋风。
毛驴鸣叫一般调，略与吟诗韵不同。

访斗牛起源地龙达

一城分两半，俯首探鸿沟。
泉坠千寻练，壁悬百景楼。
斗牛成往事，热点在足球。
当以血浸土，化归酒满瓯。

看球自嘲（7月13日晨）

不会踢球，爬起看球。
诗人精神，有点阿Q！

有感

战云迷漫乱如麻，三十二旗无我家。
亿万球迷皆忘本，不知源起大中华！

足球缺席

缺席不甘心,中华十亿人。
重金买不就,至重是精神!

羊城讲学 诗与竹枝词(7月15日)

珠江夜色

星楼玉宇漫河津,天上人间两不分。
道是红船比月满,载花载酒载诗群。

江船观剧

情悠悠入韵悠悠,弦管缠绵水不流。
添得一丝惆怅好,教他骚客起乡愁。

小蛮腰留影

珠江别后几春秋,不夜从头认广州。
一把蛮腰握不住,问君何处更风流。

向往黑暗

声光射电目难支,二十四时无夜时。
何处能寻黑一角,教吾静静作乡思!

羊城苏氏晴川祠怀东坡

家山一别各西东,廊庙硝烟椰岛风。
人世几回更有数,沧桑依旧化无穷。
雨思巴蜀缠绵绿,花忆羊城寂寞红。
但喜诗坛千载后,坡翁如在我群中。

弄影女史南下二十年题赠

连翩豪婉染诗笺,琢月薰风二十年。
倩影深深知几许,白山黑水到天南。

广州说诗二首

抛离京华雾,转与五羊游。
霞隐星空乱,船浮灯火稠。
花深忽忆雪,暑盛渐知秋。
未许诗心老,逐潮还弄舟。

月静江如练,灯摇城欲浮。
忽将嘈切市,并入万花舟。
欲海原无岸,繁华终有头。
古今多少事,不废大江流。

和羊城友人"行人由此去"句

羊城诗人穿越公园见"行人由此去"路标,以为有诗意,纷然为诗。命余和之。余不在场也。

行人由此去,直去莫回头。
终究归于此,地球绕一周。
行人由此去,但去莫停留。
留下花和雨,黄昏相对愁。

行人由此去,一去便成秋。
何日银河里,翱翔得自由!

行人由此去,曲径入幽幽。
只顾敲诗句,不觉花满头。
行人由此去,小径渐迷离。
贪看花弄影,误到小桥西。

诗箧

菡萏初弄影,菱霄开未谢。
漫将一箧诗,系在珠江月。

夏日未名湖

寒窗学子忆春秋,五十年间作旧游。
独立精神觅何处,湖光塔影自沉浮。

访涿州市博物馆

为怀念老朋友、作家兼《玛纳斯》史诗翻译家尚锡静大姐,今天偕其家人去涿州市博物馆沟通为其纪念展位之事。此亦是刘关张桃园结义所在。旧事新物,感慨系之:

涿郡千秋转瞬间,新城覆没旧城垣。
桃园旧事归青史,写到当今义最难!

破网

日前见朋友说,天网并非公平,把百姓包括鸡鸣狗盗网住了,把大盗和魔鬼放跑了。还是呼唤孙大圣,扫尽不平方太平。诗曰:

天网恢恢疏有漏,鸡鸣狗盗各称雄。
何当打破如来咒,跳出一群孙悟空!

长白通化行（2018年9月15—18日）

诗阵

佟湖如练倚山隈,地利天时人竞来。
最是秋林诗满树,任情任性勿须裁。

青山

溯史轮番变旧新,一朝天子四方民。
湖光鉴照无胜数,难改青山是主人。

有怀

句丽古国莫疑猜,七百年间何壮哉!
山水逶迤隔不断,烟尘袅袅过江来。

古国

白山莽莽宛如龙,草野难埋旷世雄。
锁钥高句成一国,千年未使水流东。

太王碑

垒石凭高称太王,秋风秋叶草偏黄。
大千世界非均等,葵花到老不朝阳。

高句丽遗址步琴台女史韵

百变沧桑尚留痕,山水渔樵堪与论。
已辨通衢连曲径,难分垒土掩侯门。
秋沿龙脉涂新色,人对江洲忆旧村。
墓草暖阳皆不语,千年应有未招魂。

附琴台女士原韵

丸都故事史留痕,鸭水龙山共尔论。
松盖高遮新菊径,石垣残锁旧城门。
千年寒雨销王气,一抹朝云浮水村。
遥望悬车征战处,凄凄秋草动吟魂。

桓仁五女山

  五女山为高句丽古国所筑第一城堡。九百多级,巍然入云,望而生畏。吾半途欲罢,既而奋力登顶。堪可记也!

  五女山城渺不知,奇思异想未来时。
  呜呼绝壁高千尺,不必攀援但作诗!

纪辽东

  长白山头天欲暮,月色下辽东。
  养生幽谷成一统,诗酒会精英。
  访古行踪多草草,冷落了花红。
  句丽故垒雄千尺,敌不住秋风。

山松

  秋风最早入山林,金色霞光五彩人。
  唯有山松不动色,红纷纷处绿森森。

文物觅踪

  宋徽宗、钦宗二帝被俘虏至金国。大批文玩珍品亦随之流落东北,伪满时又一劫难。至今民间应有不少遗存,或埋没,或冷落。思之叹惋。

  至宝奇珍风雨频,徽钦车驾最酸辛。
  可怜辗转满洲国,受辱蒙羞又一轮。

贺"秋叶红唇"大奖赛三阕

（一）清平乐·枫叶红唇

红白参半，曲径蓦然见。莫是天庭歌舞散，坠下霞云一剪！　　如冰如玉纯真，如诗如梦温馨。千里茫茫雪野，此间独有红唇！

（二）西江月·红舟

茂密丛中绿径，蜿蜒石下清流。一枚枫叶似红舟，准拟谁人等候！　　四季轮番回转，人生没有从头。这般色调不悲秋，直把红尘暖透。

（三）西江月·等待

天上一枚玉叶，何时飘落红尘！秋风此际不逡巡，疏解人生百问。　　何处独思放胆，谁人醉里沉吟？天公还我自由身。等待红唇一吻。

立秋日

与诗友聚于七里街蒙古包，载歌载舞，好酒无名，口占记之。

彩舞兼长调，诗人皆一流。
谁家未名酒，把夏喝成秋。

分韵得"对"字

吹牛不上税，难免身心累。
何不携诗酒，天山相与对！

西行青海湖（8月16—22日）

慢车小站记停

  近几年习惯了高铁。这次出行西北坐的小站慢车，例如在山西阳泉站就停了整整10分钟。旅客们下来散步、聊天、吸烟。我则看到了漫天星斗。忽地有放松节奏、舒缓惬意的感觉。人生为什么一定要快节奏，跟赶三关似的呢！

山深站小漫天星，路远弯多车慢行。
何必晨昏慕高速，人生味道在经停。

八月油菜花

水似琉璃山似霞，清凉世界不须嗟。
若知秋色何方好，青海湖边油菜花。

登祁连卓尔山

赶在鸡鸣前，唤醒卓尔山。
西厢绿似墨，东北霞始燃。
天公真作美，雨后复开颜。
晨兴花还睡，露冷鸟不喧。
身在群峰侧，心飞湖海间。

但于山为友，何必慕神仙！
弃杖眺环宇，诗成胜登攀。
相约初冬日，还来访雪巅。

湖思

水天碧透紫云轻，山爱崎岖湖爱平。
倘引一支北调去，中南北海可澄清！

问海

北京有六海，青海只一湖。
湖海谁与大，至今是糊涂。

黄河龙门组诗（10月6—10日）

再登鹳雀楼

昔日蒲州已作丘，名楼累代几重修。
岸边青冢埋司马，盛世黄滩现铁牛。
古寺西厢谁待月，诗人笔下有知秋。
沧桑难改江河水，依旧浮舟亦覆舟。

谒史迁墓

长风厚土仰高岑，翠柏苍岩共一坟。
敢以赤忱歌众庶，不将阿语奉人君。
河涛入海难填海，往史非文偏作文。
我有迷魂欲何往，秋来霾雾亦纷纷。

见闻

咆哮惊天地，迷魂犹未醒。
人潮万里来，只为看风景。

瀑布

断壁腾千尺，涛声动地来。
直流冲大海，切莫再徘徊！

吴玉浮桥渡口

晨至黄河边，杳然烟带雾。
浮桥如卧龙，锁钥不得渡。
黄水滔滔来，视人若无物。
呼之莫奈何，掉转觅新路。
喜此苍莽态，因之思远古。

过龙门怀太史公

先贤抱笔踞龙门，河有源兮史有痕。
远古遥遥难尽考，天人之际鉴诗魂。

"跳龙门"戏题二首

其一

禹迹斧痕浑似真，峡风激水浪翻尘。
诸君到此莫须跳，自古成龙无一人。

其二

上下流中皆有鲤,相同命运不同时。
龙门下面大锅煮,跃上龙门火烤之。

太湖县赵朴老三赞

一

诗词曲赋各缤纷,滴水石穿卓不群。
纤笔一支何与似,迷津破处见卿云。

二

百代文坛路有歧,南湖北岛各高低。
谁如朴老千钧力,一笔勾销三个尼。①

【注】
① 《某公三哭》批倒三个"尼",指肯尼迪、尼赫鲁和尼基塔·谢尔盖耶维奇·赫鲁晓夫。

三

沃土深深植慧根,佛心道义契无痕。
独家墨宝九州看,记取诗魂和国魂。

太湖朴初故里（调寄浣溪沙）

湖者原非那太湖。秋光潋滟楚山妩。朴初故里溯当初。　"三哭"铸成幽怨调，"禅源"化作导游图。兴文远胜造浮屠。①

【注】
① 安徽太湖县与太湖无关；朴初老以《某公三哭》震动文坛；其故里被称为"禅源"。惜世人难得其详也。

题安徽电视台人面桃花剧

八月桃花一剧红，精心打造见真功。
传奇故事惊天地，敢问谁人不动容！

大雪日记

戊戌大雪日，京华无雪。诗中有之也！

题雪图

鸡犬无声天地渺，诗人一觉醒来早。
大千世界山和水，都被雪花包住了。

雪颜色

世上谁如雪，千年色未改。
只报春消息，不共杏花卖。

无雪吟

李杜诗篇未在群，无声寻觅我沉吟。
经枫才唱秋山冷，遇友忽惊白发新。
明面文章欲添彩，暗中巨口竞贪金。
雪花何不如席卷，洗荡尘霾复本真。

冬山

满目萧疏忆夏时，天人之际漫相思。
飞来一叶孤如雁，飘落深山雪不知。

丘处机劝成吉思汗"止杀"（2018冬）

史载，长春真人丘处机在西域劝说成吉思汗，治国以敬天爱民为本，长生以清心寡欲为要。所见元瓷出土有太祖十九年赏赐丘处机"长生酒坛"。

治国天民本，长生寡欲先。
泱泱权共利，紧密相纠缠。
古史刀光影，新兴霸主鞭。
唯其老百姓，默默度时艰。
腐败颇可忍，权嚚无怨言。
一朝天地覆，谁个保王冠！

初心的故事

邻居老陈养的信鸽长途跋涉累死了,老陈悲伤不已,他不想土葬,想给它火葬,然后骨灰撒到大海。谁知道点火之后,那玩意儿竟越烤越香。后来,他就买了两瓶啤酒……再后来,醉入爪哇国了。很多事情,走着走着,就忘了初心。吾读之有感,漫成打油一诗:

信鸽跋涉死,物主最悲伤。
决定用火葬,忽闻烤味香。
买来两瓶酒,搭上几根肠。
君子酩酊醉,初心抛路旁!

岁末乱弹

负载五洲四海人,地球渐老客常新。
精神缥缈思难尽,量子纠缠迹可寻。
多少忧欢小百姓,全盘覆灭上将军。
漫将块垒敲成句,抛入两三微信群。

菩萨蛮·岁末南行

十年未见冬模样。江南迤逦雪千丈。依旧向东流,长江水自由。　　问君何所有,鸡去来了狗。何物可为诗,梅花三两枝。

也赞苔花（外一首）

吾人十分敬佩袁子才先生，其苔花小诗卓尔不凡。但从另一角度，苔花自有性情，不必效颦牡丹也！

贴身接地气，直面朔风吹。
花柔自有韵，不必效阿谁。

春野

春来郊野秀成堆，不信童心唤不回。
但喜园林杂花乱，诗筐带得草香归。

小园梅语

老来诸事不新鲜，荏苒时光醉眼看。
僻地蜡梅开得晚，不如京畿假花妍。

有感2018胡润财富榜马化腾马云名列前茅

张榜晒财富，声名冠地球。
神州两匹马，直欲占鳌头。
霜雪蓬童面，豪金醉酒楼。
升平歌扰扰，我作杞人忧。

人日随想与打油

大年初七为人日,传说女娲此日造人,是我们人类共同的生日。

娲祖当初太率真,捏拿随性未平均。
某些虽有好皮相,变到于今不是人。

随想

戊戌携春至,依然我属鸡。
草枯根愈劲,人老性难移。
惯见雪摧树,任凭潮决堤。
幸而还有梦,相伴走东西。

初夕夜得句

浦江除岁渡,夜雨细婆娑。
醉里乡愁少,醒来泪花多。
人间有真爱,何必到银河。
白发对梅萼,又偕鸡犬过。

外一首

岁老蜡梅新,知音何处寻。
转从宇宙看,都是外星人。

卜算子·身边

身陷乱楼丛，心慕梅花岭。小鸟啾啾自在啼，但听无须懂。　　谁在我身边，只有萧疏影。待到云开雾散时，明月不须请。

舟山"不肯渡"观音

倚山望大海，泡沫无重数。潮去喊不来，来时拦不住。
折戟又沉舟，不废鱼龙舞。东望是迷津，观音不肯渡。
嗟我凡夫子，还返来时路。惯在网尘中，诗酒莫辜负。

代灶王爷"汇报提纲"

东方局面胜西天，到处人人说过年。
议事稍嫌鸡狗碎，嗜糖已怕血脂粘。
京华风劲梅花远，南国云低冰雪繁。
最是诗人闲不住，庶民忧乐总相关。

怀念阳早 寒春

寻常梦有色，难得爱无尘。
两位美国佬，一家大写人。
耕耘牛与奶，温暖地球村。
尽瘁归泥土，护花还照春。

卜算子·窗外梅景

晨起下楼。猛见窗外娇红一片,是小区人员在枯树上捆绑梅枝,以迎新春。点赞而记之。

久在网尘中,忘却冬深浅。窗外疏林一刹间,阵阵霞云乱。　堪叹这人工,常比真花艳。待到风吹雪打时,却辩谁香远。

冰上颐和园

昨带外孙女冬游颐和园。昆明湖冰冻三尺,翠若琉璃。四围山桥塔阁,如塑如画。溜冰之外,和小朋友介绍颐和园,难免有戏说的味道。没有皇家王侯的奢华物欲,天下能有名胜与文物吗?

讲史

最早依山香稻田,挖湖筑殿惹人嫌。
于今我是和平论,军费须当造好园。

湖上

大块琉璃围彩旗,滑行湖面任东西。
人中有论慈禧后,留下颇多好话题。

带小学生走京城

观窄巷

故宫宝殿忆明清,博物文图唱复兴。
欲识京华真面目,又来陋巷看民生。

颐和园

斑斑往事说烽烟,兴废折腾百姓冤。
多少刀枪成烬土,不如名苑耐人看。

《题喜马拉雅山脉》唱和

深夜,著名诗家李同振兄发来戏和杨逸明先生《题喜马拉雅山脉》诗。逸明原诗云,"雪域神奇多少山,无名无字耸云端。随移一座中原去,五岳都须仰首看"。

同振和诗:

独尊五岳上千年,若许君臣仰面看。
我劝珠峰莫心动,勿须俯首把腰弯。

吾睡梦初醒,和以短句

处远知音少,居高身自寒。
如从太空望,淡淡一眉弯。

偶得

世上人情浅，心中草木深。
依依相送罢，何处可归林。

浣溪沙·致友

说好行程又误期。鸡声寥落犬声稀。雪深可有杜鹃啼！　微信遍传云岭外，腊梅才绽小桥西。播春诗是第一犁。

流浪猎犬

瘦骨伶仃气不凡，逐风啸月忆当年。
纵然食宿失着落，项上已无绳索牵。

浣溪沙·狗年打油

共着生机动杀机，人猿揖别复相依。地支十二演周期。
往史编排龙气象，于今偏爱狗东西。同年运命各云泥。

不战

历史烽烟骇浪多，英雄义气怕消磨。
鸡鸣狗盗均不见，无战生非堪奈何。

戊戌狗年戏题

鸡犬与人皆故交,轮回十二列生肖。
唯期是岁汪汪友,得免玉林那一刀。

【注】
玉林"狗肉节",狗与爱狗者皆视为劫难也。

梅信

鸡鸣犬吠莫须闻,冲破雾霾划破春。
南北东西全不管,人间只要有知音。

霾又来

这边冬日那边秋,寒暖忧欢共一球。
天地有霾非可怕,最难去者在心头。

无雪有歌者三

雪之思

无雪怨天旱,雪来叹路难。
人心之不足,常在有无间。

花之秘

天公作此花，片片花瓣六。
个中有玄机，千年猜不透。

人之情

对酒莫能歌，默默诗一首。
未待雁归来，恍然鸡变狗。

【注】
雪花之形，总是六瓣。古今中外、天南地北，概莫能外。真不可解也！

问雪

水岸已无鸥做伴，山中尚有叶堪珍。
冬深未见雪消息，但信梅花不误春。

孤独

这般山色这般人，别样亭台别样云。
曲径有声还静谧，梅花无雪亦精神。

无叶

独立山巅势不孤，送迎玉兔并金乌。
身心经得雪霜打，花好何须绿叶扶！

问梅

春来冬往一周期,地利天时难尽知。
满树梅枝俱绽雪,缘何开落不同时!

元旦二首

是晚,诗酒乾坤邀友宴于黎昌,小诗以记之:

(一)读宝军词

两载携春出,冬还没变样。
听看那诗篇,已在高峰上。

(二)岁末

量子纠缠意态奇,精神物质迥难知。
骚人不管冬深浅,把酒临窗还论诗。

拾句

平安过初夕,一夜未颠簸。
梦里乡愁少,醒来泪花多。
人间有真爱,何必到银河!

自嘲自描

秋深诗树身,谈古到如今。
亦旧亦新韵,半青半老人!

偶得

凡属难能皆可贵,一如随意便平常。
世上风行大部头,吾人习写小文章。

偶得

遇事思前想后,居所左邻右邻。
看透整个宇宙,似乎我是中心。

踏莎行·题老同事照片

共事十年,照片三寸,当时颜色全消尽。儿孙看了不知谁,但凭老友方相认。　　曾有风光,亦经苦闷,万千坎坷无须问。童心白发夕阳娇,分多聚少发微信。

鸿飞天际方思影,人到秋深才看山。

枫桥

姑苏水岸古无枫,山寺喧哗未见星。
一首诗篇传海外,争来此地慕虚名。

重阳偶得

盛世无须良臣佐,花香不必叶来擎。
秋冬过后光阴促,人到重阳无返程。

醉眼望猪年

当今谁个重诗书?盛世勃兴新画图。
薯叶探源佳似肉,人情换岁寄于猪。
是非渐乱互联网,韵律还归老酒壶。
爆竹声声霾雾里,模糊清楚复糊涂。

末伏漫语

盛世罡风久不扬,惯拿大梦作文章。
纷繁藤蔓争攀树,任性胡孙乱撞墙。
末伏晚来秋混夏,殷忧常在抑还彰。
人间难改炎凉态,我自东窗待月光。

霾天打油二则

凝眸望，故国尽烟尘。
不上管乡村与市井，
何分豪富与穷人！
此物最平均。

古来有，造物为安排。
混沌初分尘与土，
女娲炼石有余材。
霾字此中来。

为"思脉万年土"题赞

万类本源论五行，宜从黄土觅精灵。
山西思脉神奇手，助我重新识养生。

戊戌立秋

立秋未见秋颜色，直面伏天金太阳。
极地升温赤道雪，人间难改是炎凉。

题达尔先生自种田

春秋耕作一身担，酷暑雪霜心未闲。
大汗淋漓生悔意，不如采摘到邻园。

鹧鸪天·北郊木材厂友聚缺席有寄

众友如星散四方,梦中常到小黄庄。
北郊回望渐无影,人面相看俱已霜。
身奋进,路苍茫。夕阳晖里忆朝阳。
十年还念钟宏在,不觉唏嘘泪满裳。

【注】
钟宏在是北大哲学系学友,与我同时分配至北郊木材厂,不幸英年早逝。

立秋漫语

立秋未见秋颜色,直面伏天金太阳。
极地升温赤道雪,环球到处是炎凉。

梦里归乡

梦里归家烟共尘,醒来回味有酸辛。
乡愁犹在乡容改,细品乡音亦不淳。

浣溪沙·邯郸诗词协会三十年致贺

慷慨悲歌气未销,云山眺望此峰高。风风雨雨大旗招。
道是古都多故事,更看沃土展新苗。丛台诗阵最堪豪。

浣溪沙·重阳

抱着秋光待月光,天涯咫尺望苍茫。归飞孤雁不成行。
几阵枫红浓胜火,又谁心底冷如霜!人间难改是炎凉。

霜降偶题

其一 寒暖

霜风先染西山叶,暖气后供街巷民。
有在庙堂有在野,谁言秋色可平分!

其二 赏看五彩元瓷

跨越千秋珍此珍,霜寒霾重不沉沦。
元瓷精品"博陵第",一叶知秋更望春。

【注】
博陵第是元代瓷器的一个品牌,一般底布嵌有"博陵第"字样的小瓷牌。

怀念金庸大师

金庸先生对历史和现实有透彻的了解。人性恶,权利争,黎民苦。昏天黑地,古代哪有百姓舒心的日子和扶危救困的大侠!只好编造一些幻想的环境和人物。安慰自己和世人。故曰:

世象昏昏侠剑寒,神情笑了暗西天。
上穷碧落良知渺,画个饼儿充大餐。

初冬

西风落叶各纷纷,面对初冬描摹春。
窗外雾霾深百丈,诗人胸臆却无尘。

夜聚沔阳厅小记

26日晚,应邀与云居诗友聚于京西"红菜苔"酒家之沔阳厅。朋友自带董酒红酒,及熏带鱼一款。酒家亦有鱼肴多式,各展千秋。不意红菜一经爆炒,骤然失色也。在座多少壮,清于老凤声,诚可喜也!

四座皆诗客,觥筹相杂错。
熏鱼自带来,红菜失颜色。
韵律起和声,陶然胡不乐!
西山小月新,遥忆高轩过。

小重山·年终和陈君

不见雪芳时见冰。西山连霁色,未分明。寒凝大地演衰荣。诗酒热,醉里忘阴晴。　　何事怕年更?老来常喟叹,为多情。新词漫过旧台亭。春不远,雏凤向天鸣。

附 陈其良和词 次韵李君树喜

看是银沙却是冰。彤云开夜幕,玉蟾明。听风听雪历枯荣。梅花绽,逸士赏初晴。　　吟啸至三更。年终来电讯,送温情!人生惜别几长亭?常相忆,遥梦凤凰鸣。

山树

满目萧疏忆夏时,天人之际漫相思。
飘来一叶孤如雁,落入深山雪不知。

为欣淼会长病中诗所感,漫成一律为赠

云帆青海湖,文墨执金吾。
荒径由诗扫,秋霾待雪除。
多途明至理,病后吐真珠。
应信天难老,古稀犹壮夫。

岁末新闻眼二首

吾人有两大心结：一是1980年发表过科幻小说《嫦娥二号行动》，幻想中国人登上月球背面。多年来于此心驰神往；一是2013年访美讲诗词，恰逢两党争吵政府停摆，害得我不得游览几大公园！今年初适逢这两件事同发。小词以记之。

菩萨蛮·嫦娥四号

如诗如梦还如幻，蟾宫背面未尝见。一箭力千钧，端端中耙心。　　神州人有志，改写嫦娥事。自此道乡愁，连绵那半球。

蝶恋花·岁初新闻眼

是岁新闻真不少。老美那厢，正为修墙吵。两院僵持不好搞，霎时政府关门了。　　奔月千年华梦早。弯道超飞，一箭成先导。楚楚真真背面照，有人高兴有人恼。

西江月·致了凡诸友（以帝王蟹为题）

元宵前夕聚会，了凡、阿东、阿里、刘郎等在座。吾爱网老板了凡经营俄罗斯深海帝王蟹，颇具规模。把酒言诗，以帝王蟹、古酒为题。记之以"西江月"三阕。

其一

吾爱诗词布阵，长兴渔港拓荒，
扬帆黄浦出长江，向北冰洋撒网。
元代千年酒老，湖湘百里茶香。
轮番把盏说帝王，醉起豪情千丈！

其二

密雨隐埋月色，酒香遮盖花香。盘中巨蟹绽金黄，引起无边遐想。　　细品元明韵味，漫评成败沧桑。那些项羽和刘邦，俱是英雄草莽！

其三

寂寂姮娥匿影，潇潇细雨潺潺。捉个帝王入席间，佐我元宵盛饯。　　三代云烟入酒，四时蔬果装盘。最是刘郎和了凡，歌吟才情大展。

了凡忙（清平乐）

尘缘未了，镇日逐风跑。事务如麻真不少，未许丝毫匆草。　　清晨巡检长江，日暮停居马当。喝了千年老酒，写诗捉蟹真忙。

对镜 打油一组

清平乐·照镜

斑斑点点，那是谁人脸！往昔端详深与浅，于此匆匆一览。　　曾经目秀眉清，如今雪发丛生。只要告之真相，管他什么心情。

清平乐·剃发对镜

谁言不老，镜里知分晓。飞雪绕头如乱草，加上形容枯槁。　　烦它染染涂涂，挥刀剃个光秃。要想自寻宽解，无须太费功夫。

菩萨蛮·老伴双照镜

当年共道白头老，如今一看不得了：这位雪几根，那边染发新。　　大妈好作秀，老汉眉头皱。览镜叹光阴，依然是爱心。

如梦令·对镜者

临镜匆匆一照,吓了自家一跳。记得举杯时,都道青春不老。　　休恼,休恼,鹤发童颜正好!

换岁回首

飞返云霄界,涛声枕耳边。
衰颜不胜酒,没齿劝加餐。
半土半洋叟,如新如旧年。
故交多寥落,独自望春山。

【注】
① 时光到了2019年,但旧历猪年还未到。故曰半新半旧。

己亥末望梅（在浦东）

一

人间又更岁,荦荦自为容。
未许林和靖,应怜陆放翁。①
任由寒与暖,遮莫富还穷。
世事于花界,唯诗尚可通。

【注】
① 林逋以梅为妻,梅答应否;陆游以梅为怜,梅愁安在?梅自有在,诗人莫自作多情。

二　新梅

黄红疏密自安排，未许春风乱剪裁。
拒做人妻宜作友，西湖移到浦江来。

三　梅邻

未惯窗前与署衙，天然情性属山崖。
可怜若个林和靖，直把梅花关进家。

四　大梅

雪深荒径外，独对北风吹。
花朵大多许，不知它是谁。

五　题雪芳女史所照梅与月

月色知音少，爱情悲剧多。
一梅扬首立，不是望嫦娥。

对梅

槛外群芳网络诗，客思几忘雪来迟。
缘何大野繁如海，写入画台三两枝？
世上再无林黛玉，戏中广有落花辞。
幸君与我相邻久，人老梅新信不疑。

浦东初雪

天上人间云路遥,城乡节庆彩旗招。
迟到雪花多情甚,未到梅枝作泪抛。

答友人邀请函

连番节假欲何之?不觉填成大肚皮。
遥忆昔时艰窘态,勿忘简约可如诗。

醉眼望猪年

老来梦浅亦才疏,世相民生人画图。
狗腿狗头真走狗,猪排猪肚可怜猪!
是非渐乱互联网,平仄还归老酒壶。
爆竹声声霾雾里,模糊清楚复糊涂。

深山幽居戏题

山深人迹绌,老树茅屋草。
市声远不闻,花落惊飞鸟。
住上两三天,韵味刚刚好。
忽忽过一旬,眼花心内燥。
尘世许多事,总是来缠绕。
此地久难留,赶紧往回跑!

幽默诗 金猪怨词

　　猪年气氛渐浓。那位在《西游记》中饰演老猪的马德华属猪，在媒体上欢天喜地为亥年做起了广告。猪年对猪有什么福运呢？还不是磨刀霍霍准备杀猪！人类以牛马猪牛羊鸡等为属性，赖以祈福。所做呢？真的很残酷，唉！时值猪年，聊作金猪怨词一首。

久在栏中住，未曾识洋荤。
谁知大祸降，得了非洲瘟。
所幸天更岁，金猪来拱门。
城乡皆踊跃，辛亥庆新春。
不见千家刀，霍霍向鸡豚。
红烧兼乱炖，排骨到蹄筋。
肝脑已涂地，哀声告儿孙：
生灵千百种，最险是人心！

生查子·雪夜思

　　无梅亦作春，无冷不成雪。只在一时间，覆盖三千界。　　有朋方作群，无月亦成夜。有酒浇乡愁，短聚又长别！

题小学生张子今画作

童心无禁界，异想可天开。
那种清新气，老年学不来。

过山寺侧

大荒绝处探山深，翠竹清溪好洗尘。
扰扰佛经听不懂，自将山鸟作知音。

偶得

天涯四望已无求，华发萧疏一老头。
已惯盛衰沉百感，岂因温饱忘殷忧！

木渎雨中

露冷清宵愁未眠，晓来淅沥复潺潺。
十年未得甘霖沐，把伞风衣抛岸边。

住木渎客栈时夜静如水

日暮市声散，夜深人迹杳。
桥湾路灯寒，曲巷石板老。
逆旅起乡愁，静中多思考。
官场杂真伪，网络泛淫巧。
忆昔仍有梦，辨伪方知好。
何须苦推敲，历史无草稿。

小镇多歧

斜阳仄巷各东西,五彩旗幡绿竹篱。
物象由来非一式,最佳韵味在多歧。

弃花吟

垃圾箱见有花被弃,怜之。

一朝娇艳霎时残,忆得主人青眼看。
季候轮回重开日,不知要等几多年!

好色

杂花漫野勿须关,未许春心寂寞闲。
真正文人真好色,最佳诗韵绮春山。

京城雪讯

雪事偶而有,梅花依样红。
歌台变男女,潮汐混鱼龙。
农苦千秋岁,网红一刻钟。
晓来霾与雾,可似故乡浓!

访召稼楼（在浦东）

古韵石阶路，新姿文史桥。
市声与静寂，只隔一墙遥。

七十寿辰赠岫芳

槛外芳华网上诗，客中偶忘雪来迟。
宏观大野千般秀，记取丛中一树枝。
早岁穿梭商贾道，晚霞习写落花词。
感君与我同行久，世事纷纭信不疑。

附 岫芳诗

生日步韵和树喜（2019年3月2日）

忽近古稀不自知，春风吹过雁来迟。
万花烂漫迷人眼，注目丛中一小枝。
长忆经霜还沐雨，依然护草又呵芝。
念君偕我行天地，旦暮扶持胜昔时。

古酒新尝

　　新得批量老酒，底款是"大清乾隆年制，蔡府私藏"。有专家指出，此瓶为钧瓷的一种，为炉钧釉。温润古雅，技已不传。管他呢，只要酒好就是！诗曰：

　　大清皇帝播春酒，留待吾侪赏古醪。
　　功过兴亡全不管，朦胧醉眼认钧窑。

步葆国韵敬挽蔡厚示老人

　　纵横文苑气干城，妙语谐言四座惊。
　　七尺教坛播古韵，一腔热火唱新晴。
　　老翁搔首笑中看，新锐折腰身后行。
　　窗外潇潇春雨密，天人同悼蔡先生。

惊蛰偶记

　　惊蛰不须惊，闲谈坐小亭。
　　细数为官者，有无两袖清！

乘高铁见油菜花

　　园囿梅林次第开，田间新绿渐成排。
　　黄花漫野无人管，南北东西扑过来。

春日拜访刘征诗翁

刘老伉俪，迁徙东三环高端恭和苑养老寓所。诗翁九十三，夫人九十二，俱精神矍铄，吾春日拜访。其间，诗词人生，无所不及，谈锋敏捷，诚可喜也！记句云：

梅谢樱开日，南窗纵论诗。
相差二十岁，话到少年时。

富贵浮云事，诗文百代功。
山川多险阻，自信海能容。

谒前门云居胡同（3月17日）

昨日春暖，至前门大街及三里河公园漫步。旧物新景，目不暇接。特与妻寻觅"云居寺胡同"八号，吾祖父当年裁缝铺所在也，旧称"成衣铺"。然老八号已更为23号。迷茫之间，幸有老者指点确认之。老者甚至记得，那位老裁缝身材高大，浓眉方脸。此院，吾父母早年亦曾住过。记得"文革"时期吾来此看望祖父，还戴着"新北大红卫兵"袖标。当时老人已退休，未受冲击，安闲度日。悉心为我安排吃住，爱孙之情胜似春晖。转眼已五十多年矣！今祖父母、父母俱已作古，吾亦老迈。云居尚存，不胜感慨！记曰：

烽烟百变旧门庭，暖意融融忆祖翁。
古巷云深居不住，有人犹记老裁缝。

清明漫语

乡愁一别十年后,杏雨熏风湿欲透。
爷娘不复望儿归,村头老树犹思旧。
城乡士庶俱新肥,人面桃花谁更瘦!
我有诗思静不能,网间又现真人秀。

清明

梦里忆童趣,醒来怀故人。
又将酒满满,来对泪涔涔。
门户已非昨,乡音亦不纯。
可怜九州界,春色未均分!

清明语

杏花落尽落桃花,十里东风万里家。
道是春归归不去,乡思每在日西斜。

花树下

雪去无痕迹,人来更不知。
只将春万点,写入一行诗。

庭中大树

郁郁且苍苍,阳光接月光。
无须惹人眼,花叶早出墙!

俺的同桌(外一首)

云居诗网以"忆同桌的你"为题。我的小学同桌是谁呢?那教室里横几条长长木板,以砖头支撑。大家自带小板凳或马扎,如此情景如此诗,打油,很不合拍呢!

嘈切书声似鸟窝,冬天冻得手哆嗦。
一条木板十学子,只有马扎没有桌。
半数同窗已作古,有谁记得老师么!

记得

记得当年那样贫,一人电话喊全村。
如今网络联天海,得了信息丢了魂!

夏夜听蝉 二则

云淡风渐杳,夜深鸟不行。千山寂无响,只待一蝉声。
星起云初淡,林深露渐凝。新蝉听不厌,胜似老蝉鸣。

为"五星红旗"设计者诗

谷雨日,接老友浙江瑞安陈其良先生信。言国旗是瑞安籍曾联松先生设计的。当地决定在西岘山建一座国旗馆,并通过公众号征集诗词。曾联松出生在浙江瑞安,解放后任上海合作供销总社调研科长,是个普通干部、知识分子。他的设计是从应征的3012件设计中被选定的,足见当时的客观和公平。诗曰:

地覆天翻换纛旗,金星红色两相宜。
中华四海扬威日,莫忘联松功第一。

半岁词

忙忙碌碌,半年已过。兴观群怨,逍遥难得。诗曰:

世上路如网,天空星若棋。
逍遥觅何处,只在一行诗。

醒悟与糊涂

去过许多庙,拜了多少佛。依旧懵懵懂懂,难得糊涂。今借诗友联,用其首句,草成一诗:

碧荷洒雨珍珠跳,老衲燃香古寺浮。
多少禅机说不尽,依然清楚复糊涂。

致西域草原友

雪山皑皑燕飞低,绿水蜿蜒东复西。
春夏几番花去后,唯留草色与天齐!

巴尔干行草(2019年6月)

致白帝城诗人节大会(6月12日出游,未与会)

白帝城高接九重,沧桑难改水流东。
谪仙老杜遗篇在,不废诗坛起代雄。

讽欧洲入厕难

无论是奥地利还是捷克,除大博物馆偶有免费的WC排长队外,其它一概收费,大约每人次人民币4元以上。或彪形大汉或窈窕俊女,严加把守,绝不通融,为来钱之道。为什么不能仿学中国入厕免费呢?这使人感觉极吝啬,不厚道。也算是洋人文明之一吧;而进入中餐馆,开水免费,入厕免单。吾打一油记之:

欧洲旅行难,首选卫生间。
有厕皆严守,排队如过关。
以此振经济,细想好可怜。
西方之高尚,令人刮目看。
还是中餐馆,撒尿不须钱!

捷克白堡"人骨教堂" （调寄清平乐）

幽幽古堡，墓地青青草。白骨磷磷相缠绕，一派阴森窅渺。　　教堂穿越时空，讴歌武治文功。多少冤魂聚此，无来无历无名。

到萨拉热窝

一国分为六国行，街墙弹洞忆曾经。
拉丁桥下柔波绿，不似当年有战争。

【注】
南斯拉夫联盟分成六国，彼此间过关很麻烦；波黑战争惊动世界。至今萨拉热窝街墙上可见弹痕累累。拉丁桥以塞族青年刺杀奥匈帝国王储而为一战导火索。

贝尔格莱德怀念许杏虎、朱颖

六月十六日到塞尔维亚贝尔格莱德。正是光明日报70周年之际，去看望许杏虎和朱颖，两位年轻的朋友和同事。怀念他们！
记小诗一首：

光明报业忆曾经，烈火熔金忘死生。
一束鲜花难掩泪，轻呼杏虎小朱名。

印象

欧洲巴尔干那边,人少,环境好是优势。再则,大众、包括青年人也不是整天抱着手机,不像中国。

广场教堂高复低,川流不息各东西。
男男女女成群在,少见有人玩手机。

亚德里亚海游水之畅想

天边云湛湛,身畔水清清。
大海如通畅,直游回北京。

后记

孙犁先生说,青年注重文学,老年注重哲学。我老了,诗,不自觉偏重理性思考或感悟。这次出行主要是塞尔维亚情怀,那两个牺牲的年轻记者跟我很熟,总想去看看他们。其它是政治或哲学的思考,如匈牙利纳吉的中间道路。中立更比独立难。历史的发展不是依哪些人的意愿而是多方面的合力,往往是远离初衷,身不由己,是不得已。政治家尤是。悲夫!

承德 行走（6月1日）

避暑山庄若昔时，风回水转任由之。
棒棰兀自撑无界，老庙悠然念有词。
忙中拜佛佛犹累，醉里观花花亦痴。
早年一段围场梦，散入云烟未入诗。

【注】
　　当年大学毕业时，我的原分配方案是到承德的围场县。后因毛泽东主席关于去"六厂二校"锻炼的指示，我被改派去北京市北郊木材厂。不然，我的历史就要重写。

避暑有感

京华热度渐难当，翻越长城向北方。
幸得皇家重避暑，成全百姓享清凉。
山依暮霭涂深浅，河向丛林探短长。
赖有诗心堪解梦，不消青史费周章。

八庙人文

山庄清冷水泉温，古庙悠悠楼宇新。
八面来朝承德路，原来魅力是人文。

己亥大暑七夕组诗

雨中七夕得句

倾倒银河在暑时，雷声雨幕引吾思。
英雄老病谁存问，戏子绯闻多粉丝。
盛世繁生行骗客，歌台鲜见恸情词。
匆匆牛女又分手，毕竟织耕难误时。

七夕天问

君自天间来，可知牛女事？
银河作情书，细看无一字！

寺庙

美奂美轮造化功，僧家富了小民穷。
倘如我有千千万，不供庙堂济众生。

家书

出自山村知重文，可怜纸笔久生尘。
手机微信纷飞日，忘却家书值万金！

大足自度曲 （记于2019年7月7日）

地球小，大足大。迈开双脚走天下。
穿荆棘，越沟汉，山山水水皆描画。
风也罢，雨也罢，爱听百姓家常话。
神不怕，鬼不怕。就怕官吏说假话。
兴观群怨皆无价，做个诗人真潇洒！

己亥夏日井陉诗草

太行新路

车入深山见水流，连番绿色满鸿沟。
导航不识新修路，已至景区呼"掉头"。

又到苍岩山

一派松檀接碧天，山岩依旧我苍颜。
自然不与人相似，任尔时光多少年。

过井陉古战场

轻霾混太清，娘子踞关城。
楚汉逐秦鹿，旗幡出井陉。
昔时能背战，今水已难凭。
叹息诛韩信，山山俱不平。

登娘子关（传为唐太宗三姐平阳公主所镇守关隘）

绿野云山指顾间，百泉瀑布散珠帘。
大唐公主英威在，佑我诗人出入关。

仙台山夜宿

李白当年静夜思，仙台林密月来迟。
寂中万籁能听到，多少诗人在作诗。

大梁江与大槐树（大梁江镇全国文明古村寨）

太行深处访梁江，上下攀援手脚忙。
我与诸君都一样，原来大树是家乡。

赞法舫大师

法舫大师为当代高僧，俗家在河北井陉。夏日应邀拜访其故里及纪念园，有诗赞之。

踏破芒鞋苦不辞，披肝沥胆大禅师。
遍观环宇三千界，贵在识之犹践之。

己亥又登岳阳楼（立夏）

雨中登楼

楼外阴霾混太清，洞庭细雨正迷朦。
难从廊庙论兴替，堪共渔樵唱晚晴。
成败千秋皆过客，立言偶尔是书生。
迷津还在迷津外，八百湖波殊未平。

君山歌

云梦无涯岛无角，波光浮动青螺小。
长亭古井掩多岐，斑竹婆娑披百草。
舜帝娥英没老泥，新茶老酒催诗稿。
不知忧乐与谁归，天下为公声渐杳。

小乔墓

洞庭湖中有君山岛，称"爱情岛"。人争趋之。而景区北端有小乔墓，清悠肃静，无人打扰，诗曰：

铁戟无踪人未消，潇湘暮暮与朝朝。
爱情说与二妃墓，冷落楼西有小乔。

日照爱情颁奖诗（8月8日）

在日照参加爱情诗词颁奖仪式，适遇台风。会议之外又访问了世界第一的莒县古银杏。虽误归期，所得新旧诗甚多也！

醉中天·题诗茶小镇

日影溪林下，曲径落松花。一座座新庐最美是农家。　　笔墨难描画，散发着清香的嫩茶。歌吟共诗话，把谪仙人醉倒云崖。

题日照诗词学会

万物兴繁凭日照，一山雄起赖诗成。
大潮涨落千帆竞，于太平中写不平。

台风日辛崇发会长饮宴

浪涛飞溅，海鸥盘旋。
台风退去，日照嫣然。
天南地北，茶地仙山，
把来蟹酒，写入诗笺。

致了凡（在日照）

天下何曾净无尘，潮声霞色总出新。
挽起高山拥抱海，了凡本色是诗人。

探秘机场"武大郎"

周六无事,开车奔向京南新机场方向。懵懵懂懂地越过禁区,直抵候机大楼。只见主体建筑如大鹏匍匐,振翅欲飞。四下是紧张施工的气氛,为的是九月正式开航。关于新机场命名有一个笑谈,因其地处天津武清、北京大兴和河北廊坊交界,有人说可叫"武大郎"机场。看来武大郎该长成摩天大汉了。(据史料考证,历史上的武大郎是伟男子兼好官。)诗曰:

新筑机场百里方,全球第一没商量。
请君莫奏崇洋曲,立地顶天"武大郎"。

种牙戏题

数载牙关敞大门,西洋技艺植新根。
从今老汉怕打假,器件某些已不真。

题量子鉴定仪

收藏不易断还难,量子居然确到"年"。
穿越时空千里目,从今不必苦纠缠。

趵突泉三题

题易安塑像

清清袅袅复婷婷,幽怨诗心塑不成。
至此时光颠倒了,易安原比我年轻。

李清照纪念馆

自古才人伤别离,倩谁醉写过江辞!
泉城翁媪无烦恼,遍赏风光不作诗。

趵突泉菊花

重阳方过亦佳期,趵突泉边菊满枝。
篱外忽闻吹笛管,幽幽咽咽是男儿。

大运河北段香河采风组诗

采桑子·香河

京东胜景知何处?天上银河,地上香河。地利天时遍种荷。
大安古寺千秋事,旧话新说,实话诗说:父老乡亲便是佛!

【注】
末句借用廷佑先生"何如敬此两弥陀"之意,扩展敬父母为父老乡亲为佛。

浣溪沙·题赠大运河研究会

南北东西漫打量,这河宽则那城长。是非功过两茫茫。
漕运千年输水米,雄关万里跑胡狼。小隋似比老秦强。

举杯

爱民邀我到京东,意厚情真酒正浓。
半是主人半是客,乡愁尽在不言中。

金秋山东诗会诗页

到临清

暑气渐消秋欲浓,八方诗脉汇山东。
通衢通水通诗韵,盛世临清事事通。

登聊城光岳楼

风物越千年,登高小众山。
乾隆十三首,能有几流传!
官大诗非好,情真韵不凡。
金秋潮又起,精彩在人寰。

酬赵润田会长

桑榆霞未晚,遴选做诗官。
谈笑风牛马,筹谋柴米钱。
东行巡大海,西向览群山。
不负农家子,一生为润田。

北京"西海"之秋

听说北京新添一道"西海湿地"风景。我在北城什刹海一带转来转去才找到,原来就是积水潭呀!秋光丽日,残荷芦荻。韵味真不错!西端有郭守敬塑像及纪念馆,塑像清癯削瘦,颇似杜甫。郭守敬为元朝疏通水利有功,值得景仰。又见:北侧豪宅新起,南角陋巷犹存。唉,京城自古就是贫富对照的模板。诗曰:

残荷一片对秋晴,积水潭名变海名。
乍露新寒花隐去,豪门陋巷共欣荣。

题郭守敬塑像

疏浚河湖罢,方巾染落晖。
位高居太史,不似县官肥!

步韵和钟老《九十感怀》诗

潇洒诗翁似盛年,从容九秩藐云烟。
于艰难处钟罗密,在庶群中兴味甜。
书法操成司马笔,领航驾得顶风船。
谁言岁月催人老,雅韵新词唱月圆。

时代（听形势报告）

参加全国诗歌座谈会，住在国二招，比过去的二招大不同。新耶旧耶！

吾辈生当大变迁，兴亡更替几连环。
如烟往事堪回首，动荡为文五十年。

中秋夜望

世上路如网，天间云布旗。
遥望觅无处，心念一行诗。

己亥登高

重阳窥镜又添丝，老友二三于世辞。
唯见山中枫树叶，嫣红未改去年时。

古镇与农闲

中秋去了松江泗泾古镇。此间有"先有泗泾，后有松江"之说。真个古意悠悠，居然人行绝迹！原有百家古玩店只有一家大门未锁。难得假日如此清疏，又羡慕农民得到清闲。诗曰：

古镇

楼桥水巷布千家，古镇黄昏噪暮鸦。
往日繁华齐匿影，唯留闲汉钓鱼虾。

农闲

古槐石巷记繁华,十室九空谁在家。
盛世农人闲得住,搓麻吃酒复搓麻。

史丰收十年祭（九月底）

革新算法拔头筹,泪洒十年九月秋。
蕴力深深还致远,教人欣慰报丰收。

金秋拜会牟其中

2019年11月21日。京西门头沟,拜会老友牟其中。他在狱中曾写信给我,有"风云故人情"之语；出狱以来,老牟精神矍铄,谈锋犀利,充满了信心和希望。记曰：

漫漫十八载,风雨故人情。
往昔归流水,人间慕太平。
神州堪再造,炼狱又重生。
青史无言语,依然补姓名。

致夏宗伟

三十年来是与非,青春换得彩霞归。
人生鲜有坦平路,无愧真情走一回！

粤南行组诗（2019年10月10—14日）

应金科伟业邀南行

客路青山多不平，兴观群怨几曾经。
抛离廊庙三秋雾，来仰孟尝君子庭。
东莞金科压弦管，茂名伟业却浮名。
何当潮起千千丈，洗荡诗坛唱晚晴！

浣溪沙·酬冯柏乔先生

划破烽烟矗大旗，嘤其鸣矣众人知。岭南秋色艳如斯。　　世病全消难尽许，文坛秀起乐扶持。商家至贵是能诗。

咏无门君之长号

无门君（张伟新）应邀赴粤参加仪式。带来沉重的铜号，自天津辗转千里。竟无机会演奏。诗曰：

划破黎明送晚晴，白山黑水几曾经。
可怜辗转三千里，无处由君作一鸣。

从深圳望对岸

飘摇百代堕英旗，自大挟洋能几时！
这面渔村原小小，已然超越作龙飞。

甘肃庆城诗（8月）

到庆阳（8月23日）

七律

何时周祖理洪荒？溯本求源到庆阳。
川水无声润东土，绿塬有脉结场疆。
已将风雅谐名寺，更引贤材作栋梁。
指看陇东新崛起，复兴百业入诗行。

鹧鸪天·大周之流脉（写于庆城博物馆）

天降姜嫄佑庆州，诗经大雅颂公刘。
豳风吹渡三分国，史脉浮沉四代周。①
劳众庶，换王侯。车轮碾过数千秋。
唐豪宋婉描难尽，好把新词写上头。

【注】
① 国史自东西周之后，有南北朝之北周，五代之后周，更有武则天代唐之大周。足见周之流脉，千秋不泯。这里更是中华和诗歌诗词最早最重要的源头。

题歧黄博物馆

庆城雨霁意氤氲，欲识歧黄塬上循。
如此人文如此土，中医未许转基因。

杨塬村边见土豆花

地角田边不自怜,土形土色入三餐。
绿丛难掩天娇色,洋芋花开惊牡丹。

庆阳市香包街记事

一见香包醉眼开,问她精彩自何来?
答言纤手农家女,巧把山河细剪裁。

山坡羊·庆州相会赠老友李枝葱先生

莽塬如鼓,莲河如曲。天凉处暑陇东渡。望周陵,莫含糊。庆州大地出人物。　　一枝葱长成参天树。文,厚若祖;武,势若虎。

【注】
李枝葱先生为甘肃诗词学会副会长,有从军经历,庆阳人氏。

西域草原

雪山皑皑燕飞低,绿水蜿蜒东复西。
春夏几番花去后,唯余草色与天齐!

题草原诗会

卿云绕绕对青山,千古骚人慷慨间。
战马嘶鸣远去矣,愿和五G唱辽原。

深秋台风侧过

台风携雨至，倏尔变炎凉，
季候轮为节，人生岂有常！
色空皆外我，进退务安康。
莫叹余霞晚，弦歌对月光。

记梅兰芳

声象皆新创，德才俱大师。
舞台千百媚，骨格是男儿。
俯地拜华夏，留须对寇旗。
名扬曼哈顿，原是一支梅。

鹧鸪天·编览岫芳诗词

墨海笔耕若许年，诗书画作意为先。
撷来日月光和色，写得人生苦与甜。
查目录，看通篇。雨丝风片亦堪怜。
此中多有砂金在，拣拣挑挑不忍删。

由星子向庐山（柏梁体）

友人邀我星子行，雾幛石栏辨路程。
造物由来就不平，玄湖幽谷飞来峰。
苍松细草俱无声，飞瀑流云各有形。
党争派斗已消停，或败或成俱杰英。
爱水爱山爱晚晴，和诗和酒唱沧溟！

致山东友人诗

致老谢

众友如星散，深秋入眼眸。
每过伶仃水，常怀橘子洲。
短剑击风雨，长歌傲封侯，
倚天说日月，坐地论沉浮，
别梦时常会，酒醒又复愁，
凡间公道渺，仰首向天求！

【注】
老谢是我大学同学，毕业后在济南工作，受到不公平待遇。"桔子洲"为我们在北大战斗队的名称。

致晓雨二则

晓雨，本名宋彩霞，《中华诗词》杂志副主编，山东诗词学会副会长。自威海来京，为诗词艰苦奔波多年。

其一　来京

琵琶抱奏九重天，不为寻夫不为官。
几曲词章惊四座，一枝红叶伴秋山。
曾经威海难能水，除却农桑也是田。
暮雪时分听晓雨，乱弹至处是真禅。

其二　搬家

这间房换那间房，总是匆匆急就章。
新句漫裁归己有，月租渐涨入他囊。
杜陵茅屋非家产，女史萍踪自主张。
莫道前程谜似海，梅花寂寞有寒香。

怀念孙轶青会长

孙轶青（1922—2009），山东乐陵人，书法家、诗词家、收藏家，原中华诗词学会会长。为诗坛和文史界德高望重之长者。

二月春寒堕巨星，折吾诗界掌旗翁。
墨香归化红霞里，清气长存苍莽中。
山若无情山亦倒，海如有泪海当倾。
楷模远去光华在，照我后昆风雨行！

北京初雪（11月29日）

昨夜飞花旋作冰，邻家告我路难行。
三千书卷拱围我，雪不封门人自封。

融化

一夜西山白，难消枫叶红。
雪芳何处觅，潜入网群中。

滕王阁和梅振才兄韵

四海名楼望，滕王最占优。
闲云遮树影，孤鹜绕汀洲。
往夕夸才调，今朝慕寡头。
纵无王勃序，不改大江流。

种雪

唐诗宋韵至于今，无数山高与海深。
谁把诗心和雪种，凌寒怒放"沁园春"。

孤平之疑

唐宋孤平无所忌，启功王力又存疑。
众说各表难一律，孤平原是伪命题！

买五花肉调寄如梦令

上午闲得难受，楼下商场蹓蹓。
到处排队忙，买了二斤猪肉。
知否，知否？原是白肥红瘦。

垃圾新课题

浦东新课题，学习分垃圾。
干湿实难辨，鸡毛混果皮，
习了一个月，仍是乱如泥。
回看人群中，也是老问题，
良莠多错位，荒唐未足奇！

清平乐·年终漫语

回眸历史，不过一堆纸。惯看朝阳和落日，都是那么回事。　　回眸过往时光，兴观群怨篇章。诗画难成大事，只须诗意飞扬。

论诗

诗好非关韵，人高不在楼。
李杜无言语，尔曹咻不休。

黄龙望与想

黄龙冰雪夜，举首望星繁。
若从月球看，美景亦在天。
匆匆众旅友，嫱妍皆神仙。
宇宙人与我，细想一般般。
何须计远近，心净即清欢。

九寨二题

印象

绕行无数弯，九寨在天边。
流水成七彩，云团接雪团。
牛郎罢耕种，织女舞翩跹。
五洲称四海，此地有十三。

【注】
这里每个湖泊都叫"海"，著名的有十多个。

震后重开

九寨不能关，天怜人亦怜。
曾经地震后，海子展新颜。
庙古客如蚁，沟深民自仙。
羌笛和藏舞，分予导游钱。

岷江源记

岷江之源，在四川省松潘县郎架岭，由西北向东南流经四川盆地，后入长江。吾初冬过此，记之。

秋暮过松潘，山高路九弯。
漠漠云崖厚，斑斑雪色寒。
乡人争告我，此是岷江源。
究竟在何处，草丛石罅间。
初时无迹息，致远卷波澜，
滋润四川土，漂扬万里帆。
千姿与百态，今古入诗篇。
到海回眸望，故乡隔远山。
人生颇若此，宏大出平凡。

四川街子古镇

蜀中多杰士，中有蔡牟黄。
赤胆求真理，芳华著妙章，
扶山于既倒，坐狱破锒铛。
所赞东坡后，三雄唱大江。

【注】

三杰者，铁流、牟其中、蔡文彬也。俱名震中外，与吾为友。今又结识李进、彭伟等，俱是不凡人物。

又去定窑 抚今追昔（11月16日）

偕报社同仁又访定窑。在陈文增大师塑像前留影，怀念这位"诗书瓷"三绝的朋友。又看了北岳庙及石雕展，俱卓尔不凡。我突然悟出"往事如秋"四个字，秋者，有收有种，有失有得，有寒有暖，有忘有记，如文章之删简也。偈曰：

寒暖之间，收藏之际。
红黄相兼，删简相宜。
四时轮回，最爱秋季。

如秋

我言往事可如秋，寒暖悲欢任去留。
绿瘦黄肥天演替，只将真爱刻心头。

2020年春

雪天酒宴

小雪日，值大雪纷飞。吾友、诗人兼企业家闫先生治宴石市，以酒为题。古曰诗酒不分家。惜此场合，酒多诗少也！

年来未改岁寒心，美酒滔滔争入群。
环顾四周多醉客，且将瑞雪作知音。

换岁二题

鼠年无颂

丙子轮回堪奈何，杞忧雪鬓两消磨。
干支善类知多少，不欲勉为鼠辈歌。

鼠年无颂 调寄思佳客

丙子轮回又一波，枫红雪白两消磨。
积胸块垒脂肪厚，遮眼迷离内障多。
思既往，叹蹉跎。无形大网拢山河。
鸡鸣犬吠堪谐耳，不欲勉为鼠辈歌。

鼠年打油词

新岁开场斗导弹，客机起火复空难。
全球经济软还疲，捂捂钱包有点扁。
某个星球像地球，转移跋涉莫辞远。
常言鼠目寸之光，争取能瞧千里远。

岁杪拜问刘征老、钟老

今日看了几位寿者的生平,语言大师周有光112岁,酿酒大师秦含章寿108,文怀沙106岁。故曰:

语言周有光,美酒秦含章。
三友诗文并,诗翁寿且康。
刘征与钟老,韵律俱柔刚。

说韵

唐风宋韵久分明,何必禁条加数层!
劝君应是松松绑,不让冗繁扰性灵。

丙子浦东组诗

沁园春·岁末飞南

头等航班,浦东日程,二〇二〇。有柔声电话,告之车位;司机微笑,莫知姓名。抛却黄昏,划开霾雾,直向张江入华庭。经行处,见红黄残绿,花树枯荣。　　诗人大事难凭。惯浪漫无形至有形。将太阳一点,比作红豆;月轮皎皎,想像瑶宫。女娲补天,七仙下界,俱是奇思臆想成。堪记也,则清欢至味,老酒亲情。

见书店"论斤售书"

盛世文坛涌大潮，精装靓照竞妖娆。
舟车负载颇沉重，应信秦皇不肯烧。

思佳客·川沙黄炎培故居

曾赴延安纵论时，极言兴败有周期。
鸡鸣狗盗勃焉起，将相王侯难久持。
君嚣嚣，士期期。钱权缠绕莫能离。
千帆望尽皆非是，哪个先公而后私！

鹧鸪天·鼠年无诗

庆幸生逢在盛时，干支属相一周期。
鸡鸣狗盗皆堪颂，硕鼠讴歌难有辞。
张利齿，饱囊私。他凭权柄我凭诗。
公私先后知何处，难得糊涂一了之！

沪上答友人邀请函

年来节假欲何之？不觉填成大肚皮。
遥忆昔年艰窘日，勿忘简约可如诗。

和鸿影"一半儿"

冬寒初到意慌茫。大燕归飞树叶黄，
　　夜来月影又敲窗。
　　抚那床，一半儿热来一半凉。

岁末读诗小记

诗人身欲倦,世事如斯夫。
知我其天者,述而不作乎!
荒荒遍矰缴,何必与绅书。
一自秦焚简,无期遇史鱼!

【注】
有人说我诗太过简白,不够深奥。试"深奥"一下。懂吗?

宿富春山居三首

其一　严子陵钓台

遥忆汉兴歌大风,钓台百代演蛇龙。
柔波似比狂飙好,不必朝朝起代雄。

其二　题山居图

庚子初开雨雾浓,富春江畔忆黄公。
丹青两片隔洋望,唯有诗心尚可通。

其三　晨起雨霁

雨丝风剪断,春坳变阴晴。
村落黄公望,钓台严子陵。
皇家重权术,儒士慕声名。
青史凭谁写,无暇辨浊清!

"破五"返京治漏记

闻道南水向北调，长途跋涉弯弯绕。
京南原采地下井，苦涩多碱怪味道。
破五短信忽如箭，告我三楼被水泡。
浦东急购头等舱，大众防瘟我治涝。
千里飞行关卡多，量温填表捂口罩。
昔日航楼密如蚁，今日匆空人似鸟。
公路空荡车疾飞，及至家中渐拂晓。
查点漏源在四楼，判断水管爆裂了。
言说住户回老家，一把钥匙无法找。
水线滴沥心渐平，此种水费不须缴。
细想九州干旱多，只望水来能预告！

寄武昌友人

其一

记得东湖绿几围，大江诗酒楚云飞。
春来不是春消息，手把梅花赠与谁！

其二　立春望梅致友人

未见梅花久，依依赤子心。
何方大泽畔，谁个在沉吟！
春立人偏老，诗成韵不群。
地球村太小，尤念汉江滨。

浣溪沙·望江汉

楚简诗经屈子辞,龟蛇黄鹤亦多姿。大江无语我沉思。
刀俎何曾悯禽兽,瘟神不肯辨妍媸。嫣红姹紫俱殇之。

浣溪沙·赤壁临江

流过今时及昔时,念奴娇韵忆苏词。渔樵谈笑我吟诗。
往史多描成与败,涛波不管智和痴。龙旗刍狗一淘之。

赞白衣战士

赴险艰难从不差,团圆时节又离家。
白衣更是多情使,汗水揩干拭泪花。

经学之乱弹

近期宅在家,和小学生开了一个"文史对谈"的课外课,讨论些国学经史故事之类。每天下午半个小时,居然觉得比"作业"有趣。记之曰:

半部论语治天下,各执一端去吵架。
老子玄虚静无为,孙子多谋斗兵法。
佛塑金身念慈悲,穆斯诸派好厮杀。
闲时说与儿孙听,不管真真共假假。
趣味之中启心智,胜他假话与空话。

梅踪一组

曦光满院,小鸟低飞。行色匆匆,后院探梅。噫,亦叹梅也!得四首。

其一

非但定庵为涕零,应怜万类病非轻。①
世间多少园丁剪,不许群芳展性情。

【注】
① 梅花被扭曲束缚,呈现曲、歪、疏之病态。龚自珍怜之泣之,为之作《病梅馆记》。

其二

谁把春心室内藏!满城行色走慌张。
腊梅不管人来否,依旧含苞又送香。

其三 探梅

春时禁囿浦东家,口罩遮颜君莫嗟。
我是天涯惆怅客,避人偷看小梅花。

其四 相惜

满城皆怕体升温,雪掩梅园深闭门。
花事萧疏吾亦老,会心相看两黄昏。

又所见

何处病梅馆,谁家龚自珍!
化作春泥者,诗仙亦酒神。

避疫浦东答刘郎

闭门遮面意难平,燕若不知梅不惊。
荆楚龟蛇击刁斗,沪申乐舞渐归零。
迥无闾巷祥和气,幸有诗家未了情。
蘸得春光三万里,刘郎诗句动心旌。

附 刘郎《沪西有寄树喜老师》

新冠之患势稍平,羁旅江南抚髀惊。
杜宇隔窗空婉转,梅花入梦自飘零。
已无酒兴驱归兴,尚有诗情胜疫情。
枉负这番春色好,何时随驾访枫泾。

痛悼刘章诗翁(2月20日)

飞传噩耗不堪闻,同道同乡爱至深。
旧体新诗皆展翼,人间天上有知音。

"二月二"打油词

龙离百姓太遥远,祛病消灾它不管。
先把咱头抬起来,复兴大道宏图展!

【注】
"龙的传人"是个伪命题。是前些年台湾侯德健歌里唱了才有的。古时老百姓说自己是龙的传人是要杀头的。从来没有龙!除了后来的一些皇帝自称虚无缥缈的龙之外,炎黄子孙不是龙的子孙,咱老百姓被视为草芥几千年,无须自我尊贵!

山中桥

诗者赞幽境,樵夫叹路遥。
倘无沟与壑,何有这多桥!

断桥波影

长忆白蛇遇许仙,呼天抢地恸人寰。
无情最是桥波影,长把半圆描作圆。

惊蛰日见一朵小花

万物昭苏日,迎风向日开。
春天捆不住,总要出头来。

菩萨蛮·为小楼三八专集题

歌吟豪婉因风举,神州自古多才女。
诗史几千年,花开此更妍。
知道不知道,多少"李清照"?
何止半边天,应占多半边。

僻野公园

河边春草碧,隔岸未通桥。
野径无人至,始觉韵更娇。

飘落之春叶

　　春来了,群芳竞秀的同时看到落叶纷纷,红黄满径。初为诧异,思之方悟:这些叶子熬过冬的寒冷,维护树的容颜,春天飘落是为了新花开道,不禁点之赞之。

一

春来叶纷落,原为新花好。
忆君霜雪姿,赏之不忍扫。

二

惊,春分多见落叶红。
谁摄影?自身在其中!

三　花与叶

春日花开，冬叶落下。
本同一枝，终不说话。

四　兴衰

房前和屋后，花事各兴衰。
不管人新旧，明春它再来。

五　夜深辞

我睡君未睡，我醒君未醒。
携得兰花梦，来对蟾宫影。
我诗重直白，君诗尚朦胧。
春冬不同季，雪白叹梅红。

戏答眸卿

鸿影三秋菊，玉芳二月花。
诗心老于树，久不绽新芽。

诗与夜

街市无眠夜，居家囚闭身。
轻柔风一缕，削瘦月三分。
树影摇疏密，莺声啼浅深。
缘何不肯睡，诗句正磨人。

春晓

春雨潺潺入梦频,鸣禽婉转似乡音。
晴光渐欲迷人眼,真性文章不避秦。

春之落叶歌

盛春时节,吾避疫居浦东华庭女儿家。某晨起,见落叶纷飘,红黄满径,似秋非秋。探问所以,盖老叶为新枝、新花让位也!有所感,故歌之。

曙光冉冉透窗明,帘外黄莺啼不停。
树叶沙沙如细语,晓来落叶满华庭。
昔年北地入山深,漫漫枫栌似火云。
问此浦江何季候,非为冬令是春分。
斑斓满地疏还密,仰首枝头新绽绿。
盛在秋头老在春,始知万物有更替。
草径离离铺不均,无声无息渡晨昏。
乱花时渐迷人眼,红叶飘零也是春。
见有园丁执帚来,任凭清扫任凭埋,
昨日今朝复明日,无忧无悔共尘埃!
老枝次第换新枝,彩叶飘零也是诗。
装点冬春从未悔,入泥化火任由之。
呜呼!万物更新无尽时。兴观群怨悉由之。
秋花春叶歌吟罢,天地玄黄我不痴。

戏题蛛网 竹枝词

近日，某诗群以"蜘蛛网"为题作诗。不知怎么，一下子感到自己也在网中！词曰：

捆风绑雨捉虫虫，端端稳稳坐中空。
五洲四海全笼住，互联网的老祖宗！

春分日写春去也

房前和屋后，花事各兴衰。
不管人新旧，明春它再来。

闻纽约疫情致梅兄

彼岸传飞信，禁封纽约城。
君家及众友，旦暮可安宁！
疫疠失疆界，中华尚笃行。
任他驴象斗，至爱在苍生！

【注】

梅振才，我之学兄，北大俄语系毕业。为纽约诗词学会会长，侨界翘楚。我两次赴美讲学，都是梅兄联络陪同。与我合著《"文革"诗词评注》一书。

致"春山采笋"诸友

心中有句道不得

刘王题诗在前头

往夕操劳甚,难能有静时。

春山不采笋,收得一筐诗。

庚子清明

清明又到,不能回乡祭扫。以红白鲜花和香炉古酒祭奠先人。

清明梦语

往昔踏青诗载酒,今年大野哭声多。

我心梦绕家乡柳,低唱春晖游子歌。

踏青随记

赖有诗情未老时,何方春色艳如斯!

心头最美之花树,还是农家那几枝。

清明踏青自在时

不去逛公园,亲亲大自然。

风光特别好,而且不花钱。

老头揪野菜,儿童控铁鸢。

放飞自由鸟,回到了童年。

有路与无路（4月13日）

　　大路通衢是现代文明。但不知为何常常怀念那莽莽无路或泥径小路。踏青归来与小学生讨论鲁迅"世上本来没有路"的名言，小家伙居然说"世上本来有条路，人们不走了，也便没了路"！感而记之：

世上原来有条路，久无人走成渊薮。
高楼架构不须多，最爱泱泱春草绿。

题《卢芹斋传》（4月16日）

非功非罪卢芹斋，直把全球作舞台。
文物传承于智者，百年机遇不重来。

忆江北·张江之郊

古人写忆江南；吾则在江南忆江北者也。

春将老，
　漠漠向田畴。
陌上观花皆有径，
柴门讨水却无由。
　勾起了乡愁。

"人才学"与"笋才学"

谷雨,小区后面那几支笋长高了。园工扛着锄头来了。他们说:长在中间的独立的碍事儿、挡道,肯定要挖掉;靠边的、扎堆儿的才可得生存。这合于"笋材学"原理。打油诗曰:

只能靠边站,不可立中央。
适宜作陪衬,不能挑大梁。
生有尖尖角,不宜作刀枪。
如君之鲜美,及早作羹汤!
做菜又过时,投入垃圾箱。

浣溪沙·博陵客至亳州(4月26日)

客自博陵访皖亳,药都早报祛新魔。藏家诗酒唱婆娑。
魏武未曾登帝位,神医只许一华佗。英雄不少不须多。

【注】
① 本作者是博陵(河北安平县)人,应邀到亳州访问;
② 亳州是中国南方最大的药都,也是安徽以中医治疗肺炎、第一个新冠清零的城市;
③ 这里是曹操和华佗的故乡。

四访川沙古镇（5月4日）

近年居浦东，常向川沙走。古镇滨江海，人文积累厚。
黄公太史第，宋氏世之胄。①市井夸繁华，田原展锦绣。
风涛滚滚来，世事变幻骤，百年上海滩，白云忽苍狗。
溯问隋唐时，荒茫何所有！时移世易矣，古貌莫能守！
沧海变桑田，桑田变园囿。长廊卧清波，高塔出云岫。
独行街巷深，把酒寻思久，后浪翻前浪，愚公输智叟。
呜呼！古往今来感慨多，新兴信是堪胜旧！

【注】
① 黄炎培先生祖庭"太史第"和宋庆龄三姊妹故居，都在此地，十分显耀。

望洋咏叹

朋友诗群中以远航图为题作诗。吾老矣，不耐风浪，其心不远，故唱一点反调：

少年心事慕天边，挑战狂飙四百旋。
世上无须搏浪手，只能咫尺转圈圈。

新锄禾调

郊园满目俱青青，手把锄头忽地停。
都是天然生命色，要留小草共峥嵘。

屈原叹（端午）

屈原是悲剧性的历史人物。他的政治主张和投水殉国并不高明，其文学影响远超越政治影响。但，悲剧的力量往往胜于喜剧的力量。这也是人们尤其是诗人膜拜屈原的原因。我有一诗吊屈原曰：

列国纷争不太平，君王至重民非轻。
从来天意高难问，谁解离骚未了情？

立夏佛堂诗

薄衫已自翻开夏，口罩依然捂住春。
除了收钱它不管，晨昏笑对上香人。

夏日句

春光常忆往时新，夏日奄奄未洗尘。
堪羡佛门关不住，天天笑纳若干银。

朱超范先生萧山诗会身未能行心向往之

夏头春尾雨潇潇，遥忆唐诗意气豪。
我有迷魂谁召得，萧山渔浦浙江潮。
萧山碧绿浦江红，更有诗心似火浓。
再现大唐新气象，一群天马又行空。

夏月寄京东朋友

不见一城久，荷花谁作邻！
烟波变寒暖，红绿记晨昏。
万象皆空色，千家历苦辛。
拟将今日事，说与后来人。
秋水有深浅，知音无旧新。
诗家何处是，持杖向山林。

夏日思荷

碧波潋滟对红颜，送往迎来月复年。
世事炎凉皆不恼，只缘气韵在超然。

红尘难舍

　　友人方鸣先生发表纪念孙承泽《庚子销夏记》360周年的长文。洋洋逾万言，颇精妙。噫，隐居山林，陶然避世。古今有几人欤！

红尘难舍梦成空，自古而今无不同。
借问何方能避世，文人皆在网笼中。

听高考家长言

高考连天考，骄阳如火烤。
非但考孩儿，同时考二老：
既要动头脑，还须练双脚。
一点鸡毛事，撒腿似兔跑。
考生挥汗水，家长熬分秒。
会当登龙门，回看众山小！

心灵语

夜半一梦醒来，有所悟。记之。

步韵千遭迷后醒，折腰半世老来伸。
随心所欲知天命，莫许绳枷缚我魂。

连云港组诗

亚欧通万里，一港扼其端。
花果披青帐，涛波卷巨澜。
西天经已老，东土业方鲜。
更赞徐君馆，珍藏皆不凡。

连云港会徐、侍二君①

高山流水海之滨,古器精瓷皆不群。
话到蒙元博陵第,诗新酒老谊深沉。

【注】
① 徐大祥和侍卫平先生,正在筹办博物馆。

花果山漫题五首

一片葱茏向日开,诗人至此竟徘徊。
遍山寻觅孙行者,遗憾我来君未来。

西天遗迹无踪影,此地犹存花果山。
于今经卷皆残破,依旧宣科一二三。

帘洞花山年复年,逍遥原本在人间。
可怜羡艳西方好,竟把初心抛外边!

群猴戏水帘,哪有法和天。
从打皈依后,山青默不言。

水帘古洞鉴初心,大闹天宫举世闻。
可叹群猴皆忘本,不知祖上是谁人。

忆昔

东海波依旧,猴群眉不展。
功成忘本根,大圣亦难免。

与了凡又会日照

去年八月共登临,大海涛波若故人。
不老声中吾渐老,唯期诗韵葆常新。

题临海种橘"山大王"

大王派我来巡山,山在橙黄碧绿间。
连肉连皮独一品,涌泉蜜橘蜜般甜。

闻"山外山"有雨作(庚子秋)

大雨公田及我私,天时不佑自扶持。
桔山不管新冠事,依旧花开果满枝。

庚子秋致临海夏总

水抱山环游兴长,秋风飒飒接冬阳。
诗舟驾梦邀临海,挥笔直书山大王。

白帝之眺

一竿甩起漫天霞，城堞逶迤数万家。
君向夔门城下望，浪花滚滚是诗花。

白帝怀古

江流滚滚入胸襟，白帝城头把酒樽。
隔岸谪仙频醉月，高台老杜静听砧。
谁言唐宋绝凌顶，我道夔门堪破云。
过往圣贤应艳羡，新潮雄起万诗群。

拙作《关公大传》脱稿

关公形象与天高，追古抚今意气豪。
欲靖妖氛八万里，三山五岭可磨刀。

庚子初秋东北行

8月22日呼伦贝尔旅行数日，访海拉尔、阿尔山、满洲里国门、达赉湖、草原敖包，适逢处暑与七夕。放怀中有惆怅，奔波快中有点儿累。作"水调歌头"以记之。

出行号子

新冠沸沸乱如斯，防疫之中莫忘诗。
生命全然在运动，此时不走待何时！

水调歌头

绿满满洲里，崇阿阿尔山。呼伦贝尔奔马，鹰燕竞盘旋。敖包三周不住，达赉波宽似海霞色漫秋原。旗耀国门界，长忆旧烽烟。　　穿古道，留衰影，叹流年。人间恰是七夕，庚子著新冠。若个知音故友，倏尔茫然西去，一思一泫然。诗酒难抒尽，持杖望峰巅。

林中采蘑菇遇武汉一家人

北京武汉拼成群，一路盘查多苦辛。
旧日新冠抛万里，林中俱是采蘑人。

第一敖包留影

敖包雨细正霏霏，旧日情歌飘不回。
最是多情白发者，三遭环绕不思归。

又是七夕

天上鹊桥倚月架，世间红叶共秋寒。
爱情自古多悲剧，倾倒千河与万山。

文物鉴定内战旁观者言

量子内战，乐观其乱。
最好方式，诉诸法院。
正名维权，索赔数万。
炒作宣传，多多益善。
有益民藏，作用正面！

庚子秋再至敦煌（2020年9月26-30日）

敦煌曲

千里长廊大漠风，关山锁钥控西东。
此中自有浩然气，人到敦煌诗便雄。

敦煌致友人

荏苒光阴不待时，古稀碌碌欲何之？
连年海宇穿梭密，半为诗书半为瓷。

走廊之西时在中秋

秋色过敦煌，天圆地不方。
沙埋山若矮，石卧草偏长。
古道偕新道，他乡念故乡。
缘何惆怅起，写不尽沧桑。

汉长城断想

西风接大野,谈笑皆诗者。
遥忆焉支山,匈奴悲失马。
牛羊不蕃息,黛眉难描画。
晚岁所吾期,民安征战罢。
黄河疏勒清,脉脉润华夏。

【注】
此次采风都在疏勒河流域。

赠克复兄

沙洲原有道,异域本无仙。
豪气直须涨,玉门何必关!
知音余几几,白发亦翩翩。
一蹴千山越,难为蜀道难。

【注】
张克复先生为中华诗词学会顾问,甘肃省诗词学会名誉会长,知名文史专家,对大西北的诗词文化多有建树。此番采风始终相伴。

踏莎行·敦煌印象

坂上鸣沙,莫高壁画,天公人力皆潇洒。当年落日照孤烟,而今香火拜菩萨。　　古月如诗,云头似马,秋光有价还无价,慈航到处指迷津,倩谁共我扁舟驾!

七律·大漠

大漠飞天展画轴，烽烟南去水西流，
番番日月翻新月，遍遍青丝变白头。
雁阵几回穿海市，胡笳一曲动蜃楼。
干戈止息山川改，直把沙洲变绿洲。

敦煌与阳关

党河在莫高窟脚下。

遥忆当年鱼水歌，于今枯竭乱蓬窝。
积年土脉行流尽，百姓告之唤党河。

高老庄踏入溪水

阳关路上访高老庄。泉流潺潺，为草所蔽。误踏其中，鞋袜尽湿，聊以记趣也。

高老山庄假共真，诗人非是取经人。
铁鞋踏破清溪水，探问尘缘有几深！

阳关再会何延忠先生

2012年曾访此，住一晚。深为何延忠先生的治沙成就所感，今其事业大成，人已须发尽皤然矣。

导水埋沙志未休，天时地利亦人谋。
廿年百里黄成碧，相看青丝变白头。

秋日诗片

为南天诗社公众号题

小小环球一网连,不分地北与天南。
大千多处遭污了,要为诗词葆净田。

知秋

又对西风卷白云,花红果艳各纷纷。
三冬过硬春偏软,还是秋光最可人。

如秋

我言往事可如秋,寒暖悲欢任去留。
绿瘦黄肥天演替,只将真爱刻心头。

分得"江"字

山翁贻我一条江,潋滟秋情浥酒香。
调得新词方入定,不知白露已为霜。

【注】
　　南山翁曾将军招饮。云居诗社众友莅临。俊男美女频展歌喉。其乐何如!把酒分韵,吾得"江"字。时为处暑白露之交。

秋不负

胜日凭栏望九州,新冠难阻大江流。
天无雨雪天失信,我不吟诗是负秋。
官宦几家真落第,诗人谁个可封侯?
迷魂于我招何处,醉系天涯海角头。

诗歌节组诗

诗歌节在杜甫草堂开幕

草堂灯火映深秋,老杜吟踪去亦留。
头顶拾遗工部帽,身心漂泊洞庭舟。
烽烟安史接天乱,酒肉朱门带血流。
嗟我诗人今有幸,大潮雄起为歌讴。

七律·北碚怀念吾师翦伯赞

巴蜀秋深仰故居,草庐应胜五车书。
曾招中正恭然立,亦助玉祥援臂呼。
砥砺箴言标往史,剖开肝胆掷头颅。
燕园湖塔硝烟散,长记吾师骨相癯。

【注】

蒋介石当年造访翦伯赞先生,先生正在讲课。蒋为表示领袖气度,恭立室外久之,直至下课方才通报。

翦伯赞与冯玉祥为至交。他为冯系统讲授中国史,共同呼唤全民抗战。

射洪陈子昂篇

其一 陈子昂读书台

读书高阁势巍峨,谁把光阴作剑磨。
天地悠悠诗者众,惊人好句总无多。

其二 陈子昂出四川

仗剑摔琴出射洪,九州山海踏千重。
文坛销得浮靡气,及至子昂诗变雄。

其三 诗豪

琴剑舟车世路遥,涪江迤逦蜀山高。
秋风涌得波如血,人到射洪诗气豪。

渝州曲

暮至渝州犹忆蓉,山川不与古时同。
群中我是独行客,非旧非新自采风。

清平乐·山城夜

山城日暮,云雁归何处。两岸三江迷津浦,忆得东坡李杜。　　火锅煮酒飞腾,江船映火交融。难辨东西南北,心中只有诗灯。

武隆三桥记

三桥天下奇，李杜未能诗。
吾辈何其幸，行之复赞之！

立冬酉阳桃花源

落英满地忆缤纷，屋舍迷蒙旧亦新。
自古桃源无限界，立冬来了采花人。

榆林三首

又到榆林，讲座兼采风。这里是真正的陕北，"米脂的婆姨绥德的汉"都属榆林。史上名人辈出，包括杨业、高岗、杜聿明以至胡启立，作家路遥，还有现代的民歌手蓝花花、王二妮都是。而对中国古代社会震动最大的，自然是李自成和张献忠了。诗曰：

黄河南岸出名人，声震神州天下闻。
最是献忠和李闯，枭雄底色本农民。

拜访袁家沟

袁家沟，在清涧县黄河边。这里是毛泽东写《沁园春·雪》的地方，时间为1936年2月7日，农历正月十五。

驱驰千里正深秋，往昔烽烟去不留。
雪映沁园辞旧岁，诗偕功业耀神州。
已从天意并民意，更唱山头海角头。
盛世欣逢大潮起，莫忘清涧袁家沟。

赠李涛兄

李涛为榆林市委原副书记,筹办并主持榆林市诗词学会,为吾老友也。

黄河九九湾,驾得顶风船。
家世溯陇郡,诗风追谪仙。
为官亲百姓,致仕结诗缘。
二李隔千里,相知年复年。

重阳到闽清及三坊组诗

重阳桔林登高

九九诗心南北通,新冠难阻走蛇龙。
爱他桔色橙黄玉,装点闽清十万峰。

重阳曲

荏苒流光不耐磨,懒提生日怕听歌。
今番且喜登高日,分与诗翁秋色多。

题汤兜乡村振兴中心

闽水汤汤接福州,天时地利亦人谋。
风流最是汤兜好,占得春光又占秋。

为闽清老瓷窑题

民窑未必逊官方,越过群山渡远洋。
岁月悠悠封不住,夺金斗玉绽新光。

山深闻鸡鸣

村落时常见,鸡鸣久不闻。
登山喜歧路,渡水爱迷津。
来往诗书客,勃兴创业人。
时空无限界,秋尽又回春。

山中见小学荒废

小康慕中康,村民离故乡。
学堂荒废久,场地晒粮忙。
览物家山美,经商城镇强。
一隅如类此,细想好恓惶。

桔林温泉

踏遍千江与万山,不知何处有神仙。
尘凡洗处全消尽,此是人间第一泉。

桔林揽胜

水软山柔游兴长,秋情艳艳趁重阳。
频频摄影无穷意,直把桔香变墨香。

我看见星星了

浩浩天空上,原来有星辰。
城里听说过,山乡始见真。①
北斗杓带柄,银河荡水纹。
犬吠微微抖,云拂不染尘。
手机未拍进,难发微信群。
转告小朋友,聊以慰童心。
问吾何所在,闽清汤兜村。

【注】
① 朋友说这诗,装懵懂,味含苦涩。意在诗外,风味独特。

酒中诗语

女人不写悲,诗句难生辉。
男人不饮酒,豪气何曾有!
男男和女女,诗意无穷已!
女女和男男,情愫永缠绵。

浣溪沙·三坊七巷名人居

其一

记得当年风雨侵,霞光灯火灿黄昏。洋腔古韵共歌吟。　沧海曾经磨难史,神州赖有这群人。树高千丈不忘根。

其二

碑刻书香记忆深,树高屋老诉晨昏。长街古巷旧还新。　　未惜头颅投破壁,何辞汗水入耕耘。先贤后继有来人。

感言

奴隶英雄同创史,锄头笔杆共耕耘。
环球多处文明劫,唯有中华根脉深。

李陵苏武体

传李陵苏武唱和诗,五言之重要源头也。愁怨气郁,痛彻肝肠。如此笔墨,非亲历者不能为也。杜甫亦说,"李陵苏武是吾师"(《解闷十二首》)。

生死家于国,干戈汉与胡。
中间多少泪,后世岂模糊!
气节干情谊,李苏熔一炉。
可怜青史上,鲜有史鱼书。

又

李陵苏武亦吾师,后世有疑何必疑!
痛断肝肠泣血语,已将悲剧铸成诗。

咏山东

万卷诗书仰大儒,泰山绝顶是天衢。
孔明孙武羲之笔,冠盖三江叹不如。

菏泽诗草（2020年12月26日）

岁末应邀赴山东,访单县、曹县,专题讲座诗词。采风之际,记以小诗。

曹州访牡丹不值

久慕曹州是此花,冬深造访遇时差。
倘如生在雪天里,我必携诗献酒茶。

题四君子酒

渚泽四君子,声名天下闻。
满湖都是酒,聊以醉诗人。

曹州诗阵

联结东南西北中,大河底蕴古原风。
牡丹颜色佳天下,不及诗花四季红。

羊汤打油

何方美食最为高?南北东西竞绝招。
羊汤红白连三碗,不枉人间走一遭。

冬至谒伊尹墓

亭台古井气萧森,日色昏黄拜古坟。
数代贤材出草野,几回权贵误人君。
调羹调味谐家国,习礼习书教子民。
许是渊源出伊尹,羊汤滋味最堪珍。

【注】
伊尹为辅佐商汤成大业的重臣,出身奴隶,善于烹调。为古今第一贤相,其墓在曹州。(一说在杞县)

题庄子阁二首

在鲁之东明县,古漆园故地。

(一)思佳客·怀古

大野沧桑认古城,接天高阁矗苍溟。
先秦诸子几多辈,吾爱庄生真性情。
参造化,悟幽明。最佳境界在无争。
登高远眺三千界,燕雀莺鸦偕大鹏。

（二）读《逍遥游》

谁道两千年，分明在眼前。
众山一览小，豪唱大鹏篇。

张永忠剪纸 五题

张永忠，山西高平人。与我相识于三十年前，为忘年友。尘世内外，佛道书艺，其材颇异。庚子秋在北京紫竹行宫举办剪纸大展，神乎其技，创意多多。小诗以赠之也。

赞剪纸大展

大千剪纸映枫红，春种秋收鉴一忠。
秀手丹心堪破壁，盛年天马欲行空。

寻根

创意从来生巧思，家乡父老是真师。
倚天裁剪诗和纸，描画神州圆梦时。

菩萨蛮·创意

赤橙黄绿青蓝紫，才人创意无休止。妙手剪云花，早霞接晚霞。　重阳诗共酒，约聚须常有。不负十年功，秋深万树红。

卜算子·居士林

众道色如空，我见空如色。阅尽春秋年复年，莫管凉和热。
禅坐五台山，墨走诗书界。剪破人间尘与霾，智者能穿越。

剪纸诗情座谈会

霜叶秋风紫竹墙，诗情画韵近重阳。
剪刀一把神乎技，直令诗翁羡赧郎。①

【注】
① 与永忠相识于三十年前，那时他还是个红脸小伙子。

（记于10月22日近重阳）

山涧口诗钞

小序：所居珠市口南侧为山涧口街，其实是一条曲折的胡同，东西走向，不知取名所自。喜其取名独特不俗，诗以命之。

诗之梦

昨夜一帆梦，醒来挂小诗。
云光依皎月，人意重相知。
不觉秋山冷，相看潮水迟。
萧骚谐尔雅，回味总移时。

居东珠市口寓所

庚子夏,择定东珠市18号公寓房,一楼跃层。此为金霖酒店,北距天安门广场、东距光明日报(原单位)、西距友谊医院、南至天坛公园,都是一公里左右。更距云居胡同不足一里。云居胡同原名"云居寺胡同",为吾祖父(讳李茂盛,字连甫)当年所居,他是大栅栏一带有名的老裁缝。非常怀念他老人家!吾老矣,老来居城中心,近便而已。诗记之:

京华客路意难抒,辗转三迁未结庐。
始信金霖院静好,四时花树仰云居。

古藏品杂咏

瓶梅论

收藏界以窄口细颈瓷瓶为"梅瓶",说其正好插上一支梅花赏玩故名。此非其实,乃附庸风雅也。盖梅多在南方,开仅数旬月。怎能四季插花观赏!这些瓶子实为酒瓶,是实用器,不过有高低雅俗之分而已。宫廷王侯所用当然就精制考究、现在视为珍品啦。故云:

梅瓶多酒器,本与梅无关。
后以梅名之,藏家之美言!

泥土酒瓶

不识真面目,只闻有酒香。
俗人难知味,但共君子尝!

修古

假作真时真亦假,古为今用古如新。
屏气凝神刀笔在,不教宝器染灰尘。

贺王彦博《故园如歌》出版

彦博的《故园如歌》一书,对乡风人情的描写,对祖辈老人的怀念,对吾土吾民的歌颂,对文化的执着和赤诚,都水乳交融在字里行间。这本书再次证明:接地气、方是好作家;抒真情,方是真文学!贺以小诗。

乡风浓胜乳,故土最情真。
游子博陵客,遥相把酒樽!

彦博《故园如歌》读后

博陵故里写真淳,娓娓道来堪动人。
检点世间多少事,最难描绘是亲邻。

(王彦博 我老家河北安平县文联主席。老朋友。)

首日宿金霖

珠市人初定,金霖秋渐深。
屏风溯往事,楼道走游人。
敲韵倡更替,论瓷知古今。
吾庐吾自爱,名利不关心。

金霖中秋

新杯酌古酒，对月倚栏杆。
书卷新来掩，仲秋初历寒。
民声喧草市，大纛耀天安。
窗外青松柳，相邀逾百年。

蛰居偶感

年来双鬓渐成霜，忆得山高并水长。
四海何方床可座，壁间此角酒堪藏。
桴浮孔圣穷经道，仗剑谪仙叹路茫。
有赖人间同治理，地球环境更明光。

景山秋日

京都城内最高峰，秋草坛花接古松。
迤逦浮云皆效马，密麻街巷已成笼。
几家权贵分豪墅，十万游人挤故宫。
满目烟尘应似昨，剩谁共我看枫红！

秋日生辰语

秋叶敲窗动我思，老来心境欲何之。
中枢律令常懵懂，父老寒温颇晓知。
不奈寂寥行万里，喜研文墨弄诗瓷。
可怜本色农家子，半世居京未入时。

立春与小年（打油）

偶得

渡日昔如年，于今年若日。
小诗唱立春，不管老将至！

小年

又是小年二十三，灶王不肯著新冠。
立春时节浑无事，短信闲聊贺小年。

花卉大观园

土丘石径漫平仄，丛树悠然飞喜鹊。
迎面柳梢阵阵青，辨来应是旧颜色。

2021牛年诗篇

开元大铁牛

开元大铁牛在山西省永济境内黄河渡口，大唐开元十二年（724年）锻造，铁牛本为渡桥地锚。改革开放时期重见天日，其用铁800吨（约160万斤）。气势雄伟，代表了大唐气派和中华民族的昂扬精神。值此牛年，热情歌之。

世道几沉浮，黄河现铁牛。
千秋雄气在，华夏要昂头。

吾与诗

诗道重创意,大才多反常。
纵横识真谛,浪漫不荒唐。
爱恨深还彻,研磨苦且忙。
民生与咏史,吾自有锋芒!

戏和倚云鹧鸪天(元旦)

首鼠两端又跨年,鹧鸪一阕响牛鞭,新冠游走深冬季,量子纠缠玉宇天。　核武器,太空船。你追我赶箭离弦。忧思欲倡反科学,实践起来难上难!

【注】

曾与韩倚云女士议论,科学过度发展已经弊大于利,欲探讨"反科学问题",但难以运作。属于"知其不可而为之"也。

步韵和葆国退休

雪花疏落意悠悠,伴得诗心日月稠。
漫道离群犹在队,已经出彩复何求!
云霓曾共玉溪舞,汗泪几因民瘼流。
窗外霾沙岂能久,东君细雨润清眸。

沁园春·更岁词

　　明天立春，应该是牛年的第一个节气。但鼠尾巴还在晃悠，老牛蹄已经踏上冰冻的大地了。祝福牛年，祝福朋友们，祝福天下生灵！

　　风扰西窗，寒入三更，醉意迷蒙。叹新冠既久，穿行首尾；神州上下，玉汝于成。量子纠缠，飞船揽月，昏暗之中有微明。犹思量，把尘霾扫尽，月朗风清。　　老来难舍笔耕，予一片痴心对后生。任歌台屏幕，真真假假；庙堂街市，苟苟营营。天道昭彰，诗心不老，于太平中写不平。天欲曙，将俗词浅唱，混入牛哞！

枕头词

　　几十年了，还是那张床，那个枕头，和这个脑袋。怎么忽觉得软硬不适、辗转反侧呢？听说男人老了都如此。那就去商店寻枕头去吧！诗曰：

　　床榻生涯几十秋，频添愁绪竟何由！
　　平平仄仄睡难稳，不怪诗人怪枕头。

灯与月二则

　　寒暑轮回照晚晴，乡愁如缕系平生。
　　天边时有云遮月，难掩吾心一盏灯。

母亲的油灯

山头转明月,窗内亮油灯。
母爱胜明月,为儿照一生!

春分之分

(适编成《中华诗词少儿读本》出版,为孩子们做点事。)

时至春分分不分,早花渐褪柳芽新。
盘餐清淡少兼味,把酒微醺半醒人。
白发盈头勿须染,冰心一片尚能温。
诗词新辑百余首,教与成人教子孙!

还乡自嘲(外一首)

男儿未解带吴钩,熟稔乡间驴马牛。
看似村翁还不是,平平仄仄一诗囚。

至章雪芳女史贺小楼挂牌

崛起东吴势可期,骚人幸遇大潮时。
小楼何惧风兼雨,砥砺真情是好诗。

牛年春 浦东至南通诗

浦东 又见梅花

其一

划破三冬雪，凌然若剑锋。
倘入俗人眼，万花皆与同。

其二

今我已非昨，梅花还如故。
踟蹰未写诗，脉脉共谁诉！

其三

晓镜催人老，梅花不等人。
升温二十度，雨水未沾巾。

春愁

风柔草软柳丝长，水自悠悠燕自忙。
最羡河边垂钓者，不干诗酒与文章。

又望夜空

春头每诵梅花词，一年才见三两支。
转于野径望星斗，银河茫茫密成织，
牛女遥遥光年外，地球渺小竟如斯。
神思入定思今古，天问天对皆痴迷。
今宵把酒凭谁问，宇宙生物几曾知？
一年三百六十日，仰望星空没几时。
城乡灯火又如网，遮我时空凝我思。
声色强光如魔幻，情思绕绕不成诗。
斗转星移无终始，吾人茫茫欲何之！

元宵有寄

近日多阴雨，梅开云不开。
呼君将明月，寄到浦江来！

元宵前夜 聚于沪上

正月十四晚，雨遮月，聚浦西淡水湾了凡先生处。有逸明秋叶刘郎诸友。喝乾隆酒，尝帝王蟹，赏梅花图。乐何如哉！

秋叶遮明月，刘郎醉帝王。
不凡诗共酒，分得腊梅香。

（个中韵味，非参与者不能深知也！）

夜宴打油

缘何无明月，只因有秋叶。
难得乾隆酒，相佐帝王蟹。
最美画与诗，微醺方能写。
窗外雨潇潇，报道春来也！

元宵有寄

近日多阴雨，梅开云不开。
呼君将明月，寄到浦江来！

《中华诗词少儿读本》

  拙著《中华诗词少儿读本》，经数年磨砺已由人民美术出版社（连环画社）出版。一位古稀诗人献给孩子们的书。它，以新的视角和浪漫诗情带领小学和初中的孩子们穿越历史长河，欣赏诗词美景。读本所选，以唐宋诗词为主，之外，又上延下续，上起先秦《卿云》《诗经》等名篇，下至近现代毛泽东和鲁迅的诗词，从而大体上勾勒出三千年诗词长河。该书介绍了各时代的重要诗人、流派及代表作品。使选本既包含现行小学课本所选大部分诗词，又收入了长久流传的、适应孩子的名篇。凡150首。为适应孩子们的阅读和认知特点，其作者介绍、注释、赏析都力求通俗、简明、有趣味。当然，这部书的容量和深度都较课本有所扩展，使喜欢诗词的孩子们感兴趣，有提高，有空间。"熟读一百五十首，就是小小诗词家。"愿这本书成为孩子们的朋友，也成为家长和老师的助手。诗曰：

滚滚江河流至今,英雄淘尽有诗存。
撷来一百五十首,总是童心与爱心!

狼山(南通)三首

狼山,为佛教"四小名山"之首。古为江岛,后连陆地。山不在高,有诗则灵也!吾曾三赴南通,访文友,研古瓷,把酒言诗。今方登临,得览全貌也。

(一)狼山风物

天工人力入沧桑,世相繁华赖扮妆。
任是仿真牢亦久,坛花不及野花香。

(二)骆宾王墓

山形迤逦水苍凉,当日檄文惊女皇。
才子遗踪觅何处,"鹅鹅"声里念宾王。

(三)梅园

心慕狼山若许年,新冠扰扰占春前。
群芳嗔我诗来晚,道是梅园还有缘!

清明记句

又是人间花满枝,家山异地不同时。
积年那捧思乡泪,一遇清明便化诗。

圆明园二题（4月2日）

草根

圆明漠漠雨飘星，宫阙楼台没土层。
唯有草根烧不死，雪消未尽又青青。

今古

遗恨深深深几层，圆明岁岁祭清明。
那厢几个西洋国，犹把人权说事情。

暮春怀北大

  北大确实很美！三院，更是历史系办公所在。我的老师辈今春又逝去张传玺先生。同窗好友皆入古稀亦有隔世者。抚今追昔，好不怆然！我从何处来，又向何处去。拜别家乡水，漫漫人生路……

    忽忽一花甲，燕园时不顾。
    同窗各天涯，不共苇航渡。
    大哉学无疆，真材无门户。
    投诗未名水，涟漪清且绿。
    束花寄我思，朝朝与暮暮。

清明住院打油

血脉不通在脑勺，飞车救护路途遥。
忍离乡土别诗酒，褪却春妆披病袍。
留二便，测三高。ＣＴ核磁验指标。
如此这般搜检遍，回头一望赤条条。

住院打油词

我言医院最平等，主动上门不用请。
管你官阶多么高，扎摸敲打任拨弄。
常言都祝寿无疆，实是人人都有病。
住院今番走一遭，许多懵懂忽清醒。

摸鱼子·清明记病

竟谁何，把春锁住，归来难与倾吐！清明行色京连冀，千里飞车救护。烟雨雾，迷茫处，乡愁缠扰先人墓。此心谁诉！这一个黄昏，三分春色，懵懂别乡土。　　针和药，白衣遮盖面目，将身时时束缚。昔年威严怎容顾，此际莫言荣辱。永安路，曾记录、风云笔墨一幕幕，只留黄绿。①休去惹诗情，诗情无计，描摹孤独苦！

【注】
① 友谊医院七楼病房西望三百米，浅黄色大楼即光明日报旧址，吾于此工作二十余年。

不急与为诗

余清明发病,在友谊医院住了半月。观察自己及病友,深信悲观无益,焦躁伤身,而诗词有用,力求幽默宽解不忘为诗也!

为诗

生命从何来,复归何处去!
病中能做诗,万事不足虑。

不躁

为啥不着急,着急没有用;
非但没有用,反有副作用!

脑梗疗法的"三大发明"

(写于世界微笑日)

清明发病,困于医院。观察与思索,深信悲观无益,微笑有用。理当以幽默宽解。想象:医术不到之处,可否试行另类疗法,或许有臆想不到之功效,从而杜撰成脑梗疗法的"三大发明":

其一 诗词疗法

血管细如丝,脑间梗阻之,手足不可动,意念背诗词。
神游无限界,心底有良知,霾雾忽消散,沛然雨露滋。

其二　猛虎疗法

行者武松，遭遇大虫。啊呀猛醒，筋脉全通。战而胜者，
盖世英雄。瘫痪既久，百医无功。放出猛虎，与之同笼。
一跃而起，奔跑如风！

其三　综合疗法

前面跑美女，后面追老虎。女媚猛兽凶，孰视若无睹。
生死置度外，名利若粪土。默默诵诗词，灵魂随之舞。
精神胜利法，创意绝今古。

阳关论坛及诗（5月10—16日）

五律·瓜州锁阳

千载沙州道，风流久不闻。
玉关沉在水，佛塔堕为坟。
汉武守瓜地，蜃楼遮暮云，
三杯锁阳酒，助我作诗神。

【注】
　　锁阳古城在瓜州县境，唐代的玉门关实际上也在这儿，只是其遗址被水库淹没了。途中有人造的海市蜃楼和汉武帝塑像，甚宏伟，可供拍照。

阳关词三章

诗人谁不慕阳关？古道西风多少年。
老杜苏辛缺憾事，吾侪把酒写新天。

阳关之路与天齐，藏得古今多少谜。
万卷书偕万里路，诗人谁个不来西！

大漠长天气派新，绿洲鱼水蔽沙尘。
与君携载诗和酒，西出阳关会故人。

阳关种树歌（品种为胡杨）

种树阳关下，挥锄逐日晖。
把来一捧绿，湮没乱蓬堆。
李杜未曾至，吾侪有所为。
晚风篝火起，诗酒又相催。

2021年夏诗词

《关公新传》出版（2021年6月）

五洲遍布关公庙，市上却无关羽书，
皇帝佛仙人世造，千年疑雾一麾除。

怀袁隆平院士

穿过严霜斗过风,立根永在野田中。
八方噍类食为上,万事优先是悯农。
四体不勤识孔圣,五洲有米念袁公。
天堂设得蟠桃会,先向此君颁大红。

《沁园春·雪》与建党百年颂

百代歌诗谁最娇?沁园一曲领新潮。
长征两胜绝千古,堪与江山互折腰。

【注】
两胜:指万里长征和新的长征都取得了伟大胜利。

"正阳桥疏渠记方碑"之叹

  吾所居西南侧约三百米,红庙街小胡同里,藏着"正阳桥疏渠记方碑"。该碑是乾隆晚期立的,主要记载北京水道建设情况,乾隆皇帝亲书为记。碑体为方柱形,南向,高约8米,各面宽均为1.45米,顶部有四角攒尖式的碑盖,四脊各雕一龙,龙昂首曲身,似欲腾飞状,辐辏于宝顶。碑下为束腰须弥座,浮雕出覆、仰莲瓣及云、龙、菩提叶等纹饰。碑额和碑身四周有龙纹边饰,碑四面均为汉满文字合璧的碑文,正面上首为汉字题名"正阳桥疏渠记",形制极具特色。此碑原在一座寺院内,现在寺已不存,只剩下碑身,是市级重点文物保护单位。可惜该碑隐身胡同杂院,草树缠绕,铁栏围禁,字迹风化,从几个方面都看不到。附近老百姓都记忆模糊,更别说文物保护和让人参观和欣赏了!诗曰:

记功青史上,境遇令人悲。

深巷拐弯处,蒙藏纪念碑。

积年被捆绑,不得沐朝晖。

口号连天响,官方谁作为?

夏日题扇（7月20日）

身世芭蕉一叶,年年夏用冬藏。

虽然命薄如纸,此物最知炎凉。

"烟花"牌台风 （7月25日）

这个台风叫"烟花",名实不符也。

"烟花"携带大潮头,急雨飙风扫半球。

好在九州常缺水,只嫌来去欠温柔。

"五块石头"不平凡

云根先生本名"孔祥庚"。曾任玉溪市委书记十年,颇有政声,口碑甚佳。卸任后不慕名利,潜心于诗词文史学术,多有著述。更有《五块石头的故事》,云南人民出版社出版发行拙著。以帽天山为例,探索5.3亿年的沧桑演变事实,试图回答地球从哪里来,人从哪里来,怎样追求生命的本质等问题。精神与成果,令人钦佩！作为朋友,吾以诗赞之。

孔圣苗裔迥不凡,云之南者玉溪边。

植根大众未曾止,复探渊源亿万年。

上街绊跤感赋

步履匆匆意若何,油盐柴米自张罗。
只怪古稀手足笨,似平道路不平多。

上街绊倒二

口罩遮颜踽踽行,油盐米菜自经营。
猛然绊倒莫须怪,看似路平多不平。

大象日完成长诗

大潮起落夕阳迟,老树当秋路不疑。
盛世茫茫欲何往,横戈回马写新诗。

初到莲花池见白色荷花

道是辽金旧苑台,居京半世未曾来。
天光随得沧桑改,秋莲荷花别样白。

植物园梁任公墓（8月25日）

看过园中水一勺,林荫曲径寂悄悄。
夏肥秋瘦红黄紫,不变独唯梁启超。

题"精忠报国"

刺破儿男铁脊梁,岳家老母意苍凉。
精忠报国一行字,行遍神州万里疆。

虞美人·咖啡泡沫

早晨,细观初煮咖啡在杯内形成的水纹,动感十足,有些光景。此前从未留意过。无聊且有趣,姑且记之!

晨兴忽觉有奇象,杯盏翻波浪。初时涟漪两三圈,倏尔扩延直欲海山边。　　咖啡煮水加糖块,香溢西窗外。从容把盏对清秋,滚滚诗思汇入大江流。

菩萨蛮·关于"爪哇国"致陈女史

油盐柴米皆须管,诗潭垂钓问深浅。冬日探温泉,词成菩萨蛮。　　爪哇国不国,漱玉回归我。人在浙江东。虫工便作虹。

【注】
陈虫工最近诗少,说是到"爪哇国"去了。

秋日漫语

变幻秋冬日复年,剪成新句入诗笺。
大江大海全看了,想念家山那缕烟。

怀念京战五题（6月26日）

赵京战,笔名"苇可",我的同乡、同学,河北省安平县赵院村人。1947年出生,1966年入伍,二级英模、空军功勋飞行人员,副师职大校军衔,被空军授予"模范飞行大队长"荣誉称号。2002年退休后任《中华诗词》杂志副主编、中华诗词学会副会长等职。2021年6月21日去世。

同为

同学同师同故里,为诗为友为兄弟。
遽然辞世作诗仙,怎不教人长涕泣。

清明

十年每每约清明,今夏教吾泪纵横。
夤夜成诗不敢寄,怕惊兄弟在天灵。

【注】
吾与京战同乡,每临清明都电话沟通。有几次同车往返；今年清明我在老家病倒,不久则传来京战噩耗。

合著

新编四韵刻光盘，知识产权各一半。
那一个人忽去也，教我哪堪再展卷！

【注】

与京战同主编《中华诗词国民读本》（余为主编，京战与高昌副主编）；又共同首创将诗词四韵刻成电子光盘正式出版发行，并申请了专利保护，约定知识产权各占50%。

入史

孙犁崔护并崔莺，故里安平曰博陵。
苇可远航皆曰可，从今史册缀诗名。

【注】

京战笔名"苇可"。安平县为古博陵郡，历史上有汉代崔姓文士，崔篆、崔駰、崔瑗、崔寔；文赋大师"三张"（张载、张协、张亢）；诸葛亮的朋友崔州平、隋唐的李德林、李百药、崔玄暐、李崔护、崔莺莺，以及孙犁等名人。

后记

赵李博陵各一支，京华旦暮互扶持。
匆匆怪汝身先去，留下为兄作悼诗。

盛夏寻雪

榆林毛泽东诗词研讨会记诗

(2021 年 6 月 18—22 日)

夏至拜谒袁家沟

唐诗宋词逾千年,一曲沁园变了天。
季四春秋更复替,元知雪乃绿之源。

毛泽东诗词研讨会并致谢与会诗人和榆林朋友

镇北台高清涧宽,榆林夏至日炎炎。
傲然唐宋三千载,当代词峰在雪巅。

过无定河

诗史荒沙战事多,于今翠色漫沟坡。
蜿蜒如带柔如女,道是当年无定河。

【注】
唐人有"可怜无定河边骨,犹是深闺梦里人"之句。

榆林名人

黄河西岸走榆林,若个名人天下闻。
当记献忠和李闯,由来造反是饥民。

文武

绥德雄浑清涧清,闯王落败润之成。
同是榆林风水地,有时笔墨胜刀兵。

登镇北台

镇北台,全国重点文物保护单位。位于陕西省榆林市城北。为长城"三大奇观之一"(东有山海关、中有镇北台、西有嘉峪关),又称"万里长城第一台"。

水水山山沟复沟,称王何道只秦州!
若无大雪从天落,那有江潮奔海流?
人力筑台堪镇北,天时造物自成秋。
长城上下烽烟息,并入榆阳酒一瓯。

赠周文彰会长

大江东去浪滔滔,唐宋风华事已遥。
盛世诗词非小众,须当我辈弄新潮。

为"博陵第"题赠定瓷杨丽静馆长

流誉江南十四州，名窑五大竞风流，
博陵古第千秋在，当向定瓷溯上游。

【注】
杨为河北定瓷博物馆馆长。"博陵第"元瓷研究会副会长。

夏日房山诗草（凡十首）

6月26—28日应张桂兴先生之邀，参加北京诗词学会纪念"七一"诗会活动。在京西房山史家营一带，住百瑞谷。

诗会酬桂兴兄

史家营寨筑诗坛，俯瞰苍茫云海间。
百丈煤窑犹有迹，千秋古树不知寒。
平居草野识元亮，愁泊孤舟成易安。
最爱山家陈酿好，一歌一醉一陶然。

红歌诞生地二则

曹火星作词"没有共产党就没有新中国"，产生在秋林铺、霞云岭一带。

一管钢笔尖又尖，一张稿纸带毛边。
一支旋律穿风雨，一唱金鸡亮了天。

霞云起处忆当年,一曲红歌抵万言。
岁月茫茫人去也,长留旋律绕群山。

怀萧克将军

罗霄山到百花山,万里长征新纪年。
一代哲人身去了,文功武略刻峰巅。

【注】

萧克将军在55位开国上将中排名居首。军功之外,他的长篇小说《浴血罗霄》,荣获第三届茅盾文学奖。

偶得句

史册看群英,谁家最有名?
武功红几代,诗句万年青。

登百花山

天清气朗日,攀越百花山。
仙境即人境,有缘没有仙。

古寺舍粥打油

佛海慈舟竞远航,显光古寺柏苍苍。
芒鞋踏破三千界,施舍之粥味最香。

又到秋林铺

攀越葱茏四百旋,西山已改旧时颜。
温馨最是秋林铺,记得当时那少年。

忆房山三尖城

  1969 年冬,在北大历史系,临毕业分配,忽被中央"一号令"整体下放到房山庄户台之鱼骨寺小队,毗邻三尖城。本班加部分老师组成一排。我为排长,杨树升为副。教师有田余庆、马宾、丁则勤等先生。两月后,调我及丁老师赴长辛店机车厂。而刨地、开荒及登三尖城之经历、记忆,难以泯灭也。

中枢一号令,学子赴深山。
驻扎霞云岭,垦荒乱石滩。
身依牛圈草,足踏冻冰泉。
鱼骨垒成寺,三尖削作山。
蒙然不知惑,毕竟是青年。

想往"北京人头盖骨"(周口店)

漫漫洪荒夜,文明篝火燃。
一颅出洞底,万众悟来源。
寇祸劫曾失,民心盼未还。
别来无恙否,何日返人间?

【注】

  周口店"北京人"头盖骨,我做过专项调研,有专著及专题片。2005 年,我著《双 X 档案:"北京人"失踪与"阿波丸"沉没》(人民出版社)一书出版,在周口店举行了发行座谈会。

水调歌头"云南野象群事件" 二首

2021年，云南野象群北移，最后回归西双版纳成为世界瞩目的事件。表现为中国对野生动物及生态保护好措施的先进性，在世界范围获得好评。老诗人以寓言的形式生动有趣地反映了这一事件。

水调歌头一·诗人致象群

野象出林莽，平地起波澜。巨齿铁蹄推进，执意竟无前。不管红灯禁界，一味挥戈向北，横扫云之南。陆地庞然大，谁个敢相拦！　扰村寨，惊鸡犬，踩农田。此为何故，颇令世人猜一番：有的说它迷路，有的说它醉酒，入市看光鲜。但愿还归去，人象各平安。

水调歌头二·小象回复老诗人

昨天，诗树老申发表《水调歌头·致野象群》之后，得到了象群中一个幼象的回复，也是用"水调歌头"词牌，看样子可能是野象诗词学会青少年班的成员，兹录于下：

渐觉地盘窄，出外探空间。结队出门散步，竟作异闻传。小小西双版纳，说是象家禁界，谁给划圈圈？人类那张纸，我们未曾签。　东走走，西看看，逛滇南。经停食宿，或许添了些麻烦。象仔学些人言，儿童习些兽语。不怕沟通难。共处地球上，友爱大于天！

谁种谁收（和范仲淹句）

北宋先哲范仲淹的名言，除了"先天下之忧而忧后天下之乐而乐"，还有"前人田地后人收"。说得实在，充满哲理。吾试步韵和之。

无边大野漫悠悠，前人播种后人收。
后人收了莫欢喜，更有轮回无尽头。

附 范仲淹《书扇示门人》

一派青山景色幽，前人田地后人收。
后人收得休欢喜，还有收人在后头。

时代新课题之"垃圾分类"

近年头疼事，最是分垃圾。
干湿实难辨，鸡毛混蒜皮。
软硬吃不准，杂物和厨余。
学习年复日，依旧乱如泥。
回看人与事，同样老问题。
真伪多颠倒，良莠更不齐。
美丽光环下，多有坏东西。
冷眼看世相，常见未足奇！

清平乐·辛丑秋

牛年过半,世事新来乱。暴雨新冠齐上演,都道地球变暖。　　平平淡淡秋心,豪豪婉婉歌吟。苏子那轮明月,依然偏爱诗人。

秋语

重九时分变晦明,枫栌菊草演枯荣。
雁凭寒暖知来去,人到中年无返程。
见说环球多疠疫,算来盛世少诗情。
心中早有千千结,不待秋深白发生。

钱塘潮 二题

大势

未至喊不来,潮来挡不住。
古今多少事,都在此中悟。

守信

中秋年月日,万众趋观之。
世事多失信,唯君最守时。

看山

放眼云天外，美景渺无边。
览得莲峰秀，归来又看山。

人生莫虚度，读书与行路。
已从黄山归，又看山无数。

高铁畅想

穿过群山越过水，御风胜似飞毛腿。
箭头直指平潭南，转瞬之间台北北。

"补口罩"小记（10月8日）

出行戴口罩，鼻口须遮严。
仓促登车际，线断不复连。
未曾用一次，抛弃意非甘。
拟作缝补计，妻言是笑谈。
堆积不胜数，能值几文钱！
回家待静处，觅得线一团。
弯针细如发，老眼试钩连。
一扎指浸血，二刺布方穿。
歪斜三五道，自信固而坚。
缝罢窥镜照，汗漫脖颈间。
忽忆慈母线，密密更绵绵。
春晖与寸草，铭记年复年。

纽约诗画琴棋会第廿八届雅集致梅振才兄

蘋城一别望年年，书画棋琴均不凡。
信是太平洋水阔，扬帆我辈载诗船。

皖北行草（2021年9月14日—20日）

泗州断想

异地移时几筑城，秋灯夜雨记衰荣。
人文风物难埋灭，淘尽湖波苏又生。

【注】
泗州是《夜雨秋灯录》作者宣鼎（字瘦梅，天长人）的故乡。许多故事包括"父子神枪"皆发生在此。

凤阳曲

山水逶迤看凤阳，明陵古寺说元璋。
天荒人祸无生路，逼得农民成帝王。

新"围城"

放眼醉翁诗酒处，阊阓已把山围住。
学而优者与谁归，盛世忧欢多拜物。

寻西涧不值

客路滁州几问津,秋潮带雨急于春。
涧边无处怜幽草,盛世抑文还重文!

【注】
唐大诗人韦应物曾为滁州刺史,有《滁州西涧》诗,亦在此写过"身多疾病思田里,邑有流亡愧俸钱"的名句,惜今被忽略。

中秋

同时不同地,相隔三千里。
一月挂天边,诗人自可取。

金寨散句

天堂寨

千里大别山,谷深不见底。
贫穷与小康,皆在天堂里。

红军菜

菜是山中菜,柴是山中柴。
红军那味道,于今煮不来。

诗语

初心渐久远,金寨路偏长。
只要得温饱,无须到天堂。

菩萨蛮·金寨双拥广场

将军塑像云端矗,无名战士埋无数。往事似云烟,初心梦未圆。　　除了三餐饭,棋牌频开战。大树好乘凉,孩童捉迷藏。

重阳秋林铺三首(10月14日)

赠百花山诗社

重九秋林望,山深大有材。
百花名不负,酿出好诗来。

【注】
此行,被百花山诗社聘为名誉会长。

圣莲山"九九"大会

秋深入古寺,万物演枯荣。
雁阵归巢意,征人游子情。
四海多疠疫,长卷展真经。
老子第一否,民心最可凭。

【注】

圣莲山在京西房山，为道家名山，有"老子天下第一"及道德经五千言石刻。老子本是思想家，但后来被神化为道教之宗供奉起来，就离百姓远远的了。当佛寺道观及教堂之类修建得巍峨辉煌，老百姓常常不得温饱，还要拿自己的血汗钱做施主。古今中外，概莫能外。悲夫！

重阳访旧 秋林铺

赤橙黄绿各纷纷，聚得当年拉练人。
白发萧萧难忘旧，秋林诗酒葆青春。

【注】

1970年初冬，在战备气氛中曾来房山史家营乡拉练，驻秋林铺三日。今携众友来聚，当时少年已皤然古稀矣。友者：康群、张强、刘树宝、刘瑞、王克林、齐念斯、张之华，皆北郊木材厂同事也。

冬之篇

立冬雪日返京有记

从上海回，乘高铁带得元青花古瓶一件。车至济南则漫天皆白，立冬适逢初雪。至京，又天晴见日矣。

黄浦居难久，青花入返程。
山川变色调，原野演枯荣。
纵有雪千尺，依然铺不平。
诗心何所寄，冷暖与苍生。

图书与白菜

这边卖图书,那边卖白菜。
正当秋收时,车拉与船载。
一律论斤称,多见不奇怪。
菜蔬须保鲜,书本不易坏。
最后成废品,装上几麻袋。

哀牢山之哀(浣溪沙)

11月下旬,云南山林考察四位年轻队员遇难,惜哉!

大象云游未失联,悲歌骤起哀牢山。人心牵挂又滇南。
发射三遭问星月,深挖万米探油田。最须解密在中间。

冬日观钓

大风吹雪后,清冽十分寒。
河下钓鱼者,参差红绿蓝。
长竿频甩起,篓袋久空然。
我则旁观者,逍遥无一言。

"博陵第"瓷器藏家礼赞（诗三十章）

小序：博陵第瓷器是元代瓷器的重要品牌和代表者，一般底部嵌有"博陵第"三字的小牌。这类瓷器的收藏和研究，填补了瓷器史的空白，是民族文化自信和文物自信的重要体现。我和朋友们参与其中，深得其乐，曰："爱国爱家爱自己，喜文喜酒喜诗瓷"，瓷，则博陵第也。有组诗以证：

"博陵第"颂

华夏厚土，王道汤汤。惠及博陵，殊有其光。千秋百代，彪炳汉唐。享誉海内，人物文章。宋辽之际，定窑辉煌。天下纷争，北雁南翔。怀技携家，觅路他方。赣闽吴越，故技重张。领异元瓷，绚丽堂皇。款识博陵，不忘家乡。板荡流离，盛世收藏。感念先哲，桑梓李杨。珍之宝之，研习弘扬。先贤佑我，文运绵长。协和万物，诸事吉祥。诗曰：

劫波几度土中埋，冲破尘霾奋力开。
信是元瓷真本色，寻根竟到故乡来。

礼赞敢峰

博瓷一辨记心间，史册光华岂可删。
九秩犹怀万里志，苍苍白发立前沿。

李鸿权先生

注目青花认大元，多才多艺赞鸿权。
天公襄助痴情叟，真爱珍藏逾百年！

李仁达先生

天上航模地下珍，奖牌累累屡夺金。
名窑满室皆精妙，厚道人兼智慧人。

朱爱民先生

爱国爱民更爱瓷，家传数代史知之。
广搜博览胜书册，年逾古稀奋翼时。

李松堂先生

凌云义气满江湖，生死关怀真丈夫。
欲识松堂真面目，一楼瓷器半床书。

柏麟先生

大汉堂堂蒙古风，元精耿耿贯胸中。
真金毕竟难埋住，盛世博瓷胜火红。

李德君先生

携瓷飘过太平洋,千里之根在故乡。
寻宝传经多少事,归来热泪满衣裳。

【注】
李德君先生居美国,为洛杉矶博陵第研究会会长。

清平乐·赠了凡

尘缘未了,镇日逐风跑。事务如麻真不少,未许丝毫匆草。　　清晨巡检长江,日暮停居马当。喝了千年老酒,写诗捉蟹真忙。

【注】
了凡本名徐非文,上海西江月文化公司董事长。一贯支持民间文物和博陵第收藏。

郭南凯先生

群峰之外有高山,体制民藏两面观。
堪赞浦东郭馆长,识时识物皆非凡。

华国良先生

元瓷百态久迷蒙,难抵精微书画通。
识得博陵真面目,山东大汉第一功。

附　华国良诗

致诗树老申(树喜)

　　博陵出自博陵国，博陵从古有瓷活。博陵定瓷精又薄，博陵瓷人江南挪。博陵张氏钟情哥，同随崔家黄山落。本是博陵清河伙，宋元南迁成徽哥。博陵第人思故国，生产生活不忘我。贫富贵官博陵着，铭记后人不迷惑。太平安平虽两隔，博陵第人把心合。平平安安世世歌，而今博陵谁聚首，博陵安平李老哥。

谢意先生

　　高原之上有峰巅，宜把博陵详细观。
　　风韵中华自信在，正宗岂在伊斯兰！

任建华先生

　　穿行北国与南天，古寺名山作调研。
　　拥得博瓷博一醉，藏家成了酒中仙。

赠五指山人

　　博陵古韵伴晨昏，五指山人守澳门。
　　万里涛波隔不住，黄山东海总留痕。

【注】
先生本名"陈巨伍"，居澳门。

李传堂先生

父辈珍藏传且承,溯源根底访博陵。
弯弓骑射豪情在,更有光华入夜明。

【注】
　　传堂先生收藏弯弓骑射型博陵第瓶,豪气纵横,世所罕见;夜光瓶亦颇不俗。

赠陆汉斌先生

万瓶古酒储狼山,品味沧桑多少年。
真价人生拼一醉,新时代作酒中仙。

赠吴永玉会长

万里千秋情所系,瓷林探访博陵第。
亳州文脉广犹深,马首是瞻吴永玉。

怀念厉惠良先生

不忍元瓷久陆沉,探研抱病见情真。
藏家聚会举杯日,每念此君泪满襟。

赠李瑞民先生

燕赵名家眼界开，理财高手是通才。
精研博览通今古，出土瓷牌亮底牌。

【注】
瑞民先生最早收藏研究"博陵第"张文进生平青花瓷牌。

杨荣辉先生

赛艇由来争上游，收藏新界探无休。
基层淘得瓷中宝，傲视千秋万户侯！

【注】
老杨2019年在台北青花瓷大展中，以张文进打供兼饮酒诗瓷瓶艳惊四座。

赠吴斌先生

商家藏界往来频，笃信大元遗有珍。
识得博陵真面目，居功不傲赞斯人。

赠林水木先生

收藏旨趣年复年，远赴波斯作探研。
台海风涛隔不断，精瓷玩赏乐无前。

赠蔡其瑞先生

博瓷渡海满烟尘,洗去泥污气韵新。
不负大师文进造,求真赖有蔡家人。

赠许荣南董事长

广搜博览水云间,稽古通今认大元。
许得三生文事雅,博陵秀色佐佳餐。

曾金宾藏家

携得博瓷直入群,诸般精妙旧中新。
古城古窑知根底,不向"大维"让寸分。

【注】
曾金宾收藏的同类元青花象瓶等,其精密度与呈色较所谓"标准器"大维瓶还胜几分。

邹剑钢先生

收藏科技两兼程,奥秘编成趣事情。
为识元瓷真面目,滕王阁下认博陵。

诗赞金文秀先生

延边豪俊金文秀，文史精华悟得透。
行遍东西南北中，千年好物入其彀。

赞魏道林先生

佐命兴唐有老根，文华古物探源深。
目光透视三千界，君子经商更重文。

【注】
魏先生是兴唐名臣魏征的后人，第38代孙。

三编 二三年三秋

2022年一季度 在沪上

2022年元旦辞

元旦本无诗。倾得朋友及同事李振西贺词,由"振西"起意,缀成小诗。

新年虎势乘雄风,振过西来又振东。
最爱朝阳当此际,深冬时节伴诗红。

闻格陵兰天然冰拱门坍塌(调寄木兰花)

渡过茫茫年与月,难当极岛升温热。
雕工玉砌大拱门,忽地一声天圻裂。
冬奥中华技艺绝,从无到有造冰雪。
何时驰往格陵兰,凿海搭桥酬世界。

三九治酒歌

(一月八日,时值三九,打开康熙御赐陈廷敬虎骨酒一坛。)

时值三九,不便出走。在家无事,捣腾古酒。
康熙御赐,饰款百寿。奇货可珍,自己动手。
大罐小瓶,酒盅漏斗。气喘吁吁,衣衫湿透。
闻到酒香,精神抖擞。恰入虎年,以待吾友。

老之将至歌

养生秘诀太多篇,彭祖三丰去不还。
荣辱忧烦浑忘却,此身至老未能闲。

【注】

彭祖寿八百肯定是传说。而史料记载:张三丰公元1248年生于辽东、死于公元1464年,他活了217岁。信乎?

汤加地震危言(玉楼春)

一声巨震煞风景,四海扬波天欲倾。
雾瘴重重解不开,岩浆炽烈人心冷。
我诗怅惘叹星球,人类濒临冬日境。
杞国忧天乃至知,振聋发聩直须醒。

附:《列子集释》卷一《天瑞篇》

杞国有人忧天地崩坠,身亡所寄,废寝食者;又有忧彼之所忧者,因往晓之,曰:天,积气耳,亡处亡气。若屈伸呼吸,终日在天中行止,奈何忧崩坠乎?其人曰:天果积气,日月星宿,不当坠耶?晓之者曰:日月星宿,亦积气中之有光耀者;只使坠,亦不能有所中伤。其人曰:奈地坏何?晓者曰:地积块耳,充塞四虚,亡处亡块。若躇步跐蹈,终日在地上行止,奈何忧其坏?

请看!那位解释者说,星辰都是悬在空中的气团,坠不了、不伤人。显然是无知;忧天地崩坠,真理在忧天者这边。难道当时没有过陨石坠落和地震发生吗?古人之言不可尽信也!

莫拘

诗词格式有所依，删繁就简莫拘泥。
溯本求源唐宋事，孤平是个伪命题。

春节祝辞

不盼生日，忘记年纪。虎头牛尾，新旧交替。
大年小年，任他来去。爱国爱家，先爱自己。
千头万绪，健康第一。安详自得，充满诗意。

小年和了凡调寄浣溪沙（25日）

山水遥遥酒又重，疫情岁暮误春风。成诗何必计分钟。
陌上寒梅开有信，胸中块垒化无踪。心潮漫过大江东。

立春日宿建德乾潭山中

乾潭古镇记沧桑，馆舍依山伴水长。
石径崎岖通一苇，严州襟阔抱三江。
李频情怯归乡里，伍子仇深伐楚王。
千古兴衰说不尽，腊梅数朵入诗囊。

【注】

建德古称"严州""睦州"。传唐代诗人李频为建德李家镇人，以"近乡情更怯，不敢问来人"（一说宋之问）知名；相传乾潭当是伍子胥去吴国的渡口，桥侧有子胥公园、子胥路等。

男足输球

男儿炫富筑金窝,女队拼争汗水多。
胜负元来难预料,征人最怕志消磨。

谢秋叶君治酒会友(2月13日)

倩谁秋叶又当春,带病约邀诚热心。
爱国爱家爱自己,须知腰腿最堪珍。

聚瑞金宾馆馨源楼和逸明兄

京华赛事雪纷纷,细雨如丝润瑞金。
国际要闻文共武,养生秘诀假还真。
古来诗界谁高寿,去岁亲朋少几人?
执手依依无限意,年年康健唱梅新。

假花之爱

雪日绿丛中,一枝放异彩。
趋看纸为之,亦作鲜花爱。
万物皆春秋,鲜花开易败。
真真与假假,常见勿须怪。

八声甘州·和刘郎词

正纷纷雪日去京华,浦江会骚人。对核酸复测,健康依旧,冷暖停匀。穿掠几家灯火,绿树掩重门。座次依秋叶,忝列嘉宾。　　杯盏风花雪月,并文坛逸趣,悲喜拆分。看诗翁左右,谈吐见渊深。羡焚琴,刘郎才俊、共茶旗,豪气欲干云。谁知我,剑书钝矣,漫论年轮!

【注】

东主马力女士网名"秋叶";廖振福为"焚琴煮鹤",刘鲁宁为"老刘茶舍"。

思想梅花

大野原源自长成,何时何地伴庭亭,朝朝暮暮为谁生!
涂改姿容凭画手,剪裁枝干赖园丁,一思一叹被畸形。

正月十六到三亚红树林 二首

七律

又向海南云水间,停居左岸亚龙湾。
晨兴听鸟柔柔嫩,向晚逐波淡淡蓝。
散落参商怀旧雨,频来冰雪避新冠。
嗟余书剑凋零矣,但喜三餐胜老廉。

五律 下海游泳连三日

抛却尘霾事，龙湾水不寒。
身浮若秋叶，气定似春山。
暮霭连潮起，归帆带月还。
诗思无限界，今晚到谁边！

春月忆京战（字苇可）

诗韵随身侧，乡音久不闻。
天堂航一苇，谁个更知君！

题和堂江诗

武宁佳境天公造，教育雄图难构成。
何不伊山采笋去，陶先生对敢先生。

奥运及大赛之反思

　　人们看到，世界上包括奥运会等激烈赛事已渐渐走向反面：伤身、扰民、伤财。记得原国家体委副主任刘吉亲口对我说："激烈的竞技运动，就是牺牲少数人的健康博得多数人的喝彩。"信然！试看著名冠军运动员有几个健康长寿？二十岁的青年人连续手术伤痕累累令人心疼。应该反思一番或彻底修改了！诗曰：

　　奥运销散，思绪犹深，炫歌在耳，我心沉吟。少小苦练，惨烈非人，外伤皮肉，内挫骨筋。表相光鲜，伤痕内深。夺金火爆，事后酸辛。病多寿短，少有欢欣。一生一世，健康胜金。运动宗旨，健脑健身。暴烈极限，野蛮非文。太极曼舞，柔缓温馨。建议：激越赛事，少用真身。何以替代，有机器人。如此，比赛更精彩，观众多热忱。不再乱折腾，利国还利民！

附 刘忠笃致树喜

当今李谪仙，隐居亚龙湾。
躲进小楼里，管他天不天。
明月窗前鸣，黄犬会花仙。
依旧豪杰心，斗酒诗无边。
奥运皆游戏，新旧不整冠。
诗歌伴雷雨，震撼大河山。
我歌月朦胧，你舞舞成癫。
回顾八九载，泪洒天地间。
都是同林鸟，相约太极巅。

【注】
刘忠笃，著名发明家。同龄人，吾之好友也。

拟归田

四海云游久，田园心慕之。
踏沙人已懒，不作弄潮儿。

致雪花

梅红与雪白,相望幽思远。
雪花自开化,不被他人剪。

贺邯郸女子诗词工委

阳春花事满邯郸,唱罢牛年又虎年。
不愧千秋文润厚,诗词女子总当先。

百年"两分钟"

人生几何?有一个音像记录,从一岁到一百岁每个人自报一句,正好用时两分钟。叹曰:

人生漫漫路,雪白与枫红。
百年翻一遍,不过两分钟。

"阿波丸"沉船

海波激荡望平潭,二战谜踪七十年。
烟雾沉沙埋不住,揭开真相报人寰。

2022年 二季度诗词

踏莎行·古城学埙

那年初春，在西安街头遇一卖埙（音xun，陶制乐器）老汉。迎风吹奏，其声凄切。吾为所动，学吹，不响。买得一件归。后请教专家，云此器不易学，且声调低沉悲切，不谐喜庆气氛。宜避于一隅，悲切独奏者也。以"踏莎行"记之：

光脚布鞋，棉衣草帽，何名何姓不知道。寒风扑面抱埙吹。呜呜咽咽颇奇妙。　　我要学他，老人发笑：埙声本性悲凉调！如今此物不时兴，盛行锣鼓和洋号。

前门三里河会馆（4月1日）

暮霭层层掩画楼，惯于街巷度春秋。
年来厌见人遮面，红杏满园不出头。

寒暖

这边春日那边秋，寒暖忧欢任去留。
天地有霾非可怕，最难消散在心头。

竹枝词·春风

惯于冬日望春时,四季轮回未可期。
东风自是双刃剑,唤醒桃花复落之。

梅色

世间谁似梅,霜雪色未改。
只报春消息,不共杏花卖。

清明之野

门户分贫贱,官权有重轻。
君看大野墓,草色一般青。

海棠雅集 二束

　　一年一度恭王府"海棠雅集"原本通知4月8日举行。后被取消现场,约定照样写诗。

五古

泱泱王府在,盛誉播天外。
园囿几重修,王朝兴复败。
冬春多代谢,棠棣无须改。
最爱雅诗文,悠悠传万代。

七律

初阳艳艳照宫墙，树影幽幽曲径长。
三百春秋翻日月，八千疆土演中洋。
东来甘露堪消疾，西府海棠能放香。
嗟我诗人不寂寞，携诗携酒唱苍凉！

乍暖还寒

盛世诗情待酒浇，李郎斗胆也题糕。[①]
春风吹得心头软，我与柳枝共折腰。

【注】

① 关于刘郎不敢题"糕"字，大诗人刘禹锡因为糕字通俗不古，几欲用之而不敢；北宋时宋祁说他"虚负诗中一世豪"；当下呢，吾人素来用字无忌，偶尔也被弹窗卡住。唉，没办法。

宇航员观天同感

新闻报道：宇航员从太空望地球，小小的，飘浮于空中，有惶恐不安、无所依凭之感。吾亦同之。小诗以记。

纵目遥相望，白云偕蔚蓝。
地球何渺小，宇宙更无边。
惴惴失凭据，茕茕居弹丸。
诗心亦如是，久久未能安。

背阴儿二月兰

北面接冰雪,南边抵陡墙。
终年不见日,一样吐芬芳。

野草二则

一

环球绿遍不须栽。世世生生土里埋。
即使冬春阙雪雨,到时也要出头来!

二

踏青郊野外,俱道新花好。
谁个报春来,最先是小草。

马草河凉水河汇流处(调寄虞美人)

汇河凉水兼马草,曲折知多少。
几回勾划几重修,犹记时流时断小水沟。
有人垂钓连朝暮,鱼篓空无物。
诗思浪漫踏莎行,恰似长江滚滚下崇明。

红荆树与二月兰

红荆树,在老家常见,在新疆叫红柳,枝条坚韧,耐旱涝。今见北京马草河岸,繁茂成片,勾起家乡之思;二月兰是北方广布的一种花,不择环境,自行繁衍,花色娇艳,花期颇长。二者情性不同,皆堪赞也!

二月兰

君子自何处,河边亦故乡。
凌寒兼雪韵,御暑共荷香。
绣锦千条路,铺云万道冈。
小园居不惯,郊野作花王。

红荆树

遍布西疆与老家,无人见处自为花。
几时穿越京畿道,马草河边唱晚霞!

又访马草河

谷雨春深日色迟,东邻马草小分支。
流连沙渚红荆色,长忆滹沱泛浪姿。
人居近水方灵动,地界无河不润滋。
世事新来多异变,十之九梦是乡思!

【注】

马草河，京南支流，长12公里，在所居小区北五百米许；滹沱河，在冀中，家乡的母亲河。另据统计，北京城区有河61条，你可想到，见到吗？

读诗与做梦

读诗入梦境，恹恹天过午。
心想见李杜，遇到特朗普。
教我作诗词，七律和五古。
三仄与三平，拗句需救补。
音韵依美英，朗诵打嘟噜。

晨起看山

几番雨雨几番风，幽谷逶迤对险峰。
万物何曾同色调，光明黑暗总相融。

关于中原偶题 二首

青野

幽谷林荫密，枝头花朵妍。
若无田野绿，哪有好河山！

【注】

传中原割青麦喂奶牛，是也非耶？

开封

徽宗才艺若天成,社稷荒芜书画精。
道是开封封不住,金人来了作南京。

【注】
屡见藏友夸耀"宋徽宗"款瓷器,吾未之许也。开封的最后一届都城,是金朝的南京。

戏和刘郎

春风扫落花,思绪却无涯。
屏幕少真相,街头多事妈。
暮消三盏酒,晨省一壶茶。
但有草根在,时来便吐芽。

题兰州黄英进凤林山馆

兴观群怨为诗道,返朴归真是种田。
抛却浮名留住友,自由自在则神仙。

访酉阳记

桃源何处是,满目尽为春。
洞阔云浓淡,林幽溪浅深。
莺声隔树远,花影近人亲。
盛世无须隐,乡风仍最淳。

桃花源诗意

酉阳抬望眼,峰谷尽为春。
鱼影描溪浅,莺声唱径深。
洞宽云进退,林密路浮沉。
心醉无须酒,成诗俱不群。

贺把多宇先生大著《长河流韵》出版

历尽人间多不平,载歌载酒向前程。
为诗贵有真情在,听得黄河心底声。

无名小湖

无围无网亦无堤,林草深幽野鸟啼。
湖水何须效西子,不妆不抹最相宜。

新闻说国内麦收结束,风雨将至也不担心了

诗人古稀老,心底有农情。
麦子收完了,冰雹梦不惊。

后院花径

春深谷雨日黄昏，院后黄花欲涌门。
我有爱心怜不得，苍台曲径总留痕。

咏谜

开天辟地就是谜，宇宙茫茫可有期。
生命何时起毫末，人猿底事闹分离。
屈原荆楚发百问，子厚穷思未解疑。
绝顶应知众山小，飞天方见卿云低。
谜踪千古未曾了，纠缠量子更迷离。
有谜有解启心智，无问无疑是木鸡。
倘若人人不猜想，混沌世界一团泥。

拜读陈懋章院士诗集

陈懋章院士是我国航空动力科学泰斗，建功颇巨；其诗情洋溢，诗作精彩，钦佩之间，亦见理工与文科相辅相融也。倾韩倚云教授协助出版陈老诗词集寄我，读后有小诗一则。

四维遥渺望天河，所见云多星更多。
个性诗情激荡处，何分数理与文科！

思佳客·宇宙之谜

本来无始亦无终。爆炸起源说不清。请问此前是什么，旁边又有啥东东？　　思宇宙，问群星，难分难解雾重重：若言万物皆神造，上帝又从何处生！

【注】

关于宇宙起源，有说是137亿年前一个原点爆炸。至今膨胀未止。这不合情理，请问：从时间的角度，原点之前是什么？从空间的角度，原点旁边又是什么？

论诗创意五题　（新韵）

文路

仿熟难继"二王"字，创意才成"三李"诗。
冲破高墙出草野，为文之路勿须直。

诗魂

新局盛世两足珍，细雨熏风春色均。
姹紫嫣红等闲看，一枝独秀是诗魂。

勃发

重阳最是好时节，红绿漫山七色绝。
胸有芳华思有翼，勃发创意是豪杰。

曲江诗语

曲江火树忆贞观，诗史忽忽千百年。
李杜元白如告我，新人不写旧诗篇。

孤平

诗词格式莫须疑，灵性鲜活不统一。
溯本求源唐宋韵，孤平是个伪东西。

古北水镇三首（8月5日立秋日）

又到司马台

能把长城看几回？秦皇汉武俱成灰。
关山变幻诗人老，醉眼相看谁是谁。

照相

历史难重现，城垣有旧新。
泱泱局外客，来做画中人！

细辨

古镇多新筑，城墙有旧痕。
往来功与过，细论未全真。

秋日寿宴为题与刘征老唱（9月6日）

树喜

过往时光去不留，西窗月色唱新秋。
一杯老酒穿肠过，从此诗郎是老头。

刘征老答

老老头，小老头。
不大不小中老头，
男人都要变老头，
何必愁眉苦脸怕老头！
大闸蟹吃不起，
请吃虾酱就窝头。
一碗卤煮也将就。

近中秋语

新月团圞变晦明，枫栌菊草演枯荣。
雁凭寒暖知来去，人过中年无返程。
闻道环球多疫疠，元知盛世少诗情。
心间早有千千结，不待秋深白发生。

壬寅中秋致友人

同时不同地，相隔三千里。
一月挂天边，晴光自可取。
莫因孤独悲，或为团圆喜。
把酒又谁何，诗情长未已！

中秋再访卢沟桥（外一首）

秋染卢沟入画屏，桥新路老鉴衰荣。
石狮静默柔波绿，未忘当年有战争！

2022年 三季度诗词

大得藏珍馆赏大德瓶（七月四日）

京城六月绽芳华。日月当空映碧霞。
精品何须夸"至正"，喜看"大德"更奇葩。

赞大得"三星堆"藏品

蚕丛鱼凫变衰荣，金玉深埋举世惊。
为证中华根脉厚，三星灿灿耀都城。

【注】
中罂集团公司大得珍藏馆一对大德青花象耳瓶，其款识文字详细记述了王厚德为翁兄熊德方打供以及对其孺人的颂诗。时间为

大德四年即公元1300年。比至正元青花"大维瓶"整整早了半个世纪，难得可贵；其它藏品"三星堆等"亦多精彩！

大得伊斯兰风格博瓷瓶

妙态仙姿画不成，赤橙黄绿对蓝青。
相逢应是曾相识，同祖同根溯博陵。

【注】
大得藏珍馆一件伊斯兰风格博陵第凤鸟花卉五彩瓶，厚重似塔，尖顶入云，十分精彩，恰与我收藏的一件青花器同式同款同风格。"同为元季博陵第，五百年前是一家"也。

六十退休话题

近与文化出版界朋友聊天说及他们六十岁退休事。我说了一句"文人创业六十始"鼓励他们。实际上，不少文化人实现理想和有所为，是脱出体制后稍有自由空间才实现的。我自己就觉得退休后干的事比之前要多，且有意思。颇有所感，小诗以记。

会议堆还事务堆，谁谁是是又非非。
文人创业退休始，过往时光殊可追！

观李凯先生讲饮食史有感

　　近期，北师大学者李凯先生正在央视《百家讲坛》讲述舌尖上的历史，放眼三千载，纵横十万里，头头是道，有滋有味，雅俗皆宜。反观西方饮食，无论穷阔，饮食简单粗放，有时感觉和茹毛饮血没多少差别。这些人，如果一辈子没有领略过中餐的丰富多彩与千滋百味，那可能是一辈子白活。

　　　　食为百事先，人享其中乐。
　　　　中华文脉长，伊尹调羹镬。
　　　　帝王与农夫，皆讲味香色。
　　　　精者亦求精，百代传不辍。
　　　　菜系超百式，技艺传万国。
　　　　反观西方餐，单调更笨拙。
　　　　菜肴两三味，刀叉乱涂抹。
　　　　即使豪富宴，生冷亦萧瑟。
　　　　食不甘其味，一生算白过！

夜半逢蛾（8月21日）

　　夏日夜眠，以防蚊为要。不期三更时分"扑楞"一响，一个不小的飞物自黑暗中落在肩头，惊而扑之。乃蛾也，甚艳，不识其名。想来都怪韩倚云，答应帮我联系嫦娥飞天久无消息。害得我被虚假的美丽吓了一跳！诗曰：

　　　　暑日更深梦渐多，飞天仙女舞婆娑。
　　　　忽来一物扑肩胛，不是嫦娥是短蛾。

煤气煮豆辞（处暑日）

　　人道花生豆煮着吃营养好。早晨煮了一点，煮着煮着煮出一首小诗来。看世间，非但同根相残，不是同根者更彼此弯弓钺，为利欲也。为之一叹！

　　　　煮豆燃煤气，豆在釜中泣。
　　　　不是同根生，相距十万里，
　　　　只要利所须，置之于死地！

秋之页

　　　　九九重阳日，红深叶胜花。
　　　　秋光有浓淡，最艳在山家。

古酒"NFT"解说词

　　中国是酒的国度。酒的历史源远流长，渗透到社会生活的各个方面。没有酒文化就没有中国文化。本人精选古酒器，一组六件，制作古酒"NFT"产品上网，蔚成系列，极为难得，不可再生。主题词：

　　　　我家藏美酒，穿越元明清。
　　　　古史之醇厚，幽然在此瓶！

元瓷"博陵第"揭秘

经过十余年奋斗,我们终于完成了《博陵第调查》一书,解开了元青花的秘密,实际上重塑了元瓷历史。

元瓷疑案数博陵。光怪陆离辨不清。
面壁十年终破壁,复兴文物有奇功。

临川唱和 二首

到金溪

俱道金溪好,诗文两不孤。
水流三界地,寺卧九峰庐。
新识青花古,元知酒味殊。
诸君齐勠力,共绘复兴图!

临川句

一脉文坛事,临川代代雄。
弘文说介甫,弄剧誉汤公。
林密何来凤,溪深不见龙。
探研瓷共酒,不与旧时同。

奈曼旗 会诗友

乃蛮奈曼本相通,激荡百代风雨中。
西北遮沙林草碧,东南藏玉老山红。
可汗几度封王国,民众千秋建业功。
蒙汉一家诗共酒,千杯不醉唱豪雄!

贺寒江雪博物馆

原知文物会说话,扫荡阴霾耀华夏!
非只一家邱季端,藏家妙品遍天下。

颐和园秋望

当与颐和园有缘,长桥琼岛几重勘。
玉泉水绕莲荷雾,佛阁香飘石舫船。
倘使金银充武库,莫如谐趣漫诗园。
屡经兴废天难改,大美秋光在稻田。

后记:在北大做学生的时候常去颐和园,那时是年轻人的感慨;后来再去,每有不同的感受。吾老矣,多了历史的沉思和奇谈怪议。传说当年重修颐和园是慈禧挪用了准备用于武备的银子。但如果真买了洋枪炮舰,也难免是一败涂地,一片废墟。好在搞了园子,老佛爷没享受几时,倒叫今天的老百姓倘佯其中,得其谐趣。福兮祸兮,未有定也!

题宁志超先生巨著《中国早期青花瓷史鉴》

十万里程百万言,煌煌巨著树蒙元。
更推大德博陵第,异彩华光耀世间。

【注】

宁志超先生为考察元青花,纵横前苏联、内外蒙,中东、中亚十万里,上溯古史数千年。其大著为元青花开山之作,超越前人,得到宿白、李学勤、李伯谦、俞伟超和史树青等先生推崇(题词和作序)。吾人亦重之。书中最早推介了"博陵第"瓷和"大德瓶"。时间愈久,愈现光芒。其书其物其事业皆在吾处,足堪慰也!

体检感言

又当体检日,医院走一遭。
无分男共女,级别低与高。
抽血皆赤色,流便俱腥臊。
宽衣还解带,引颈又折腰。
鼓肚复屏气,辗转对B超。
谨遵医者令,不得差分毫。
此刻见本色,虚浮顿时消。
人生何所以,来去赤条条。

"十一"这一天

故乡频有信,游子已无根。
谁知生辰日,无计报娘恩。

【注】
"十一"为农历九月初六,恰与生辰重合。昨天上午去了一个叫紫谷伊甸园的地方,在永定河畔,离卢沟桥不远。看到了九月的油菜花、薰衣草、向日葵,壮观艳丽。还有可爱的幼儿园的孩子们,确是很别致的生机盎然的秋色!

西江月·再观钓

河底连通海底,鱼饵杂以人粮。甩竿直向水中央。磨炼太阳月亮。　草野已无尚父,朝中盛产文章。死水变成活水塘。关系航程导向。

浣溪沙·凉水河秋意(白露日)

凉水河边水自流,草深沙浅各悠悠。城中野趣最难求。
四季轮回皆有景,悲欢喜怒却无由。诗肠柔软易悲秋。

四编 荷香集

小 序

　　收入本卷诗词近百首，其主旨是歌咏京东香河的。其中"荷香十里到香河"一句诗，已成为香河"荷花节"的主打标识和口号，遐迩流传。而香河的河与荷，荷与花，诗与书以及音乐绘画诸般文事，其内涵之充盈、外延之广袤，又可推及世间一切美好的鲜活生灵，包括大野之育、庭院之培。故又将相关的桃李梅竹、雪莲玉兰以及苔荠小草之属，予以歌咏，使花事纷繁，和衷共荣。更因本人乃博陵李氏，即今河北省安平县人，非但与香河同属燕赵，且香河重镇安平又与吾乡安平同名。每到香河，都有第二故乡的亲切与温馨。诉衷肠与知己，遣诗情于笔端，个性与真情在也。

　　此诗词的形成，感谢香河，感谢故乡安平，感谢老树客栈、泥土诗社，感谢香河领导和各界朋友的热忱！是你们，使我又一次重温客至如家的感觉。

作者 2019年秋于香河 老树客栈

荷香·香河（22首）

为香河荷花节题

天间仙境人居少，地上娇姿菡萏多。
云淡风轻花指路，荷香十里到香河。

荷与藕组诗（8首）

科学证明，莲子经沧桑埋没数万年后，亦可发芽开花。其生命力堪为植物之最也。

生命

天埋地掩不知年，无数生灵化土烟。
唯有莲荷心不死，枝枝画箭射苍天。

怒放

苦心铁性此身兼，冷暖枯荣若等闲。
红萼一发惊天地，长留清骨在人间。

古荷

地坼天崩若炼炉，生灵万物一模糊。
唯其莲子遭劫后，怒放新花诉始初。

咏藕

铁籽娇花万古期,腥风恶雨立根基。
一尘不染知何故,如玉之身藕在泥。

荷仙

不须呵护不须栽,踞水迎风任性开。
久在天宫生寂寞,姮娥十万下凡来。

骤雨荷花

风随鸟翅归林苑,雨趁蛙声下池塘。
雷消云破乾坤净,放出荷花万亩香。

花王

当今谁是百花王,竞向芳荷论短长。
云映娇姿变颜色,鸟窥并蒂动肝肠。
翠城四布红妆阵,玉帐深埋诗酒乡。
迁客骚词三百首,犹输菡萏几分香。

踏莎行·一城荷花

　　天上瑶池,梦中菡萏,郊行百里忽然见。高墙四面掩芳踪,城池竞放荷花箭。　　月画银钩,灯描团扇,心波漾起两三片,夜阑酒冷唱相思,那人却在谁家院!

采桑子·香河采风行

京东胜景知何处？天上银河，地上香河。地利天时遍种荷。大安古寺荷香远，古事今说，实话诗说：父老乡亲便是佛！

香河竹枝词

荷阵

地上香河天上云，朝阳起处渺无垠。
摄影行家迷了路，不知荷阵几多深。

题老树客栈

久在京城为异客，与人纵论地球村。
问君客栈何方好，老树春秋味最深。

香河肉饼

第一名牌张且扬，间间老店百年长。
京东有路莫须问，才到安平闻饼香。

醉中天·咏香河第一城

帝都少春色，燕赵慷慨多。三千载不平毋须从头说。　管他谁的过，没功夫与你消磨。手起刀落，把第一城筑到香河！

泥·莲·荷·藕组诗

泥赞

莲之艳与藕之洁,根基还是底下淤泥。以泥之污与荷之洁对立,误矣哉!

默默铺陈底,兼收并贮藏。
风兴固荷梗,冬至御冰霜。
不是淤泥厚,何来菡萏香!
歌莲采藕者,根本莫相忘!

荷照

文人久有爱莲说,今世廉洁论更多。
行到池塘休指点,官权谁个品如荷!

藕不出头

为使莲荷娇艳殊,清白如玉一生孤。
为知尘世玷污甚,宁守淤泥不愿出。

四言说藕

岂乃无情,不断多丝。为使荷艳,没身污泥。
居而不染,裸而无衣。此玉绝美,宜食堪诗。

雨中荷塘

沥沥荷花雨，依依杨柳风。
莲醒人欲醉，皆入画图中。

最后一枝荷

独立水中央，残红对晚阳。
为知冬不远，分外惜秋光。

题张玉旺诗集

燕赵京畿地，杰灵今溯古。
潮白润嫩苗，沃野催新圃。
有士多风雅，无歌不热土。
诗坛添锦绣，我欲呼还鼓。

南北安平诗（15首）

南北安平诗

联结京津放眼量，运河沿岸柳丝长。
安平南北皆燕赵，①欲认香河作故乡。

【注】
① 吾老家是河北省安平县；香河县有安平镇，远近驰名，解放战争中有安平事件发生，电影《停战以后》即记述此事。

家乡春讯

水软荷塘月,风柔柳絮花。
春归如燕子,最早到田家。

清明语丝三首

清明细雨霏如丝,湿透犁鞭牛不知。
童子遗踪今何在,桃花无语又成诗。

清明带雨客愁新,故土荒郊梦里寻。
我是家乡原上草,一躬一拜复长吟。

清明细雨若游思,系在村头知不知!
梦绕魂牵三叩拜,身虽花甲是痴儿。

梦境

老来梦境渐悠长,过道柴门白发娘。①
虽曰京华有定所,终归彭疃是家乡。
滹沱水断堤或绿,燕子呢喃麦可黄!
思绪连翩如酒沸,随雨随风到那方。

【注】
① 老家村名彭疃;胡同叫作"过道"。

归家

归心忐忑若离情,堤树参差辨路行。
墙老屋空花寂寞,再无慈母唤儿声。

花椒树

母种花椒树,悠然六十春。
枝繁叶籽密,儿已古稀人。
纵有千钟酒,如何报万恩!
清明频入梦,游子未归根。

清明寄友

树老偕春老,燕归人未归。
已如疏影瘦,不作暗香肥。
往事梦中绕,诗心云外飞。
相思千里远,各对一灯危。

菩萨蛮·清明回乡

茫茫欲辨来时路,春风吹软桃花渡。堤上望炊烟,茅庐四五间。　　还乡常在梦,有梦终须醒。谁道梦无痕,不觉泪沾巾。

清明雨

霾雾频来羡月朗,诗词渐笃远官权。
清明每忆家乡雨,梳洗人间四月天。

桃花曲

意态深红与浅红,相逢一笑各西东。
自从识得博陵客,宁化春泥不嫁风。

【注】
老家安平县为博陵古郡,以"人面桃花"诗著称的崔护为我老乡。近年在城里公园设"人面桃花"墙,我这首诗刻于墙上。

桃花情

世上痴情待剪裁,诗人曲径莫徘徊。
红花谢了青桃秀,明岁携春还复来。

家园

万物春时堪可嗟,蓦然嫩紫对新芽。
年来频作采风使,冷落家园草木花。

别桃园

雨洗风梳一亩园,斜阳草树伴年年。
时空渐老终难忘,转望苍茫境更宽。

五编　咏史卷

咏史诗选之一　先秦至三国两晋南北朝

清平乐·周口店踏青（2006年3月）

白头年少，①抛却沙尘暴。一路春寒多料峭，红紫海棠正闹。　　嗡嗡蜂儿穿梭，恰似猿祖诉说。五十万年看遍，时光不耐消磨。

【注】
① 双关语，指刘征老白发童心；又指青年老人同行。

念奴娇·访猿人洞

龙骨山麓，趁东风，三五热肠文客。醉起豪情八百丈，描摹洞崖春色。篝火烧天，骨针缀地，跨越千秋雪，铜尊少女，风采如何消得！①　　忆昔祸起东洋，弹洞卢沟，寒彻京都月。猿祖仓忙辞故土，战火硝烟泯灭。一路谜团，疑踪万点，众口漫评说。天荒地老，海枯石烂不竭！

【注】
① 展览馆标志铜像，系根据一猿人少女（约十三四岁）头骨制作。

尧舜禅让

尧舜英名万古尊，君王本色乃平民。
身先卒士风掀草，黔首蓬颜雨洗尘。
断事均平无点利，选才谨慎只贤臣。
莫将禅让多夸耀，苦担移肩付后人。

【注】

韩非子说，古之让天下者，是"去臣虏之劳而离监门之斩也"，故不足以夸耀。那时候权和利是不相干的，有权者非但无利可图，还要吃苦在先。直到有了阶级和私有之后权和利才结合一起。

武王伐纣

血流漂杵应无据，反水倒戈信有真。
自古兵刀双刃剑，裁决胜负在人心。

【注】

孟子说过，武王伐纣之战，异常惨烈，"流血漂杵"。

太公钓鱼

眼若秋鹰须若银，悬竿老者望风云。
假如不遇乾坤转，白发成灰竿化尘。

姬昌敬贤

有竿无饵坐蹯溪,心事苍茫望赤旗。
不是姬昌开倦眼,万千智叟化青泥。

烽火诸侯

烽火诸侯戏笑频,犬戎来了不称臣。①
君王自己没成色,却怪红颜是祸根。

【注】
① 周幽王为犬戎所杀。

会稽禹王陵

绍兴禹王陵为全国重点文物保护单位。相传是禹南下会诸侯之地并死葬于此。勾践即禹后裔。陵始建于晋,墓旁由姒氏家族绵衍一百四十余代守护不辍。而后世史家考证,禹活动范围不过中原,不可能渡长江会盟诸侯。传说史实与故事杂错难辨,不必细论也。

非但兰亭耀会稽,眼前陵庙共天齐。
涂山苍翠群山拱,禹井深幽众水揖。
守墓千年传姒姓,扬威四海衍华裔。
虽云神话偕书史,凿破鸿蒙信不疑。

孔子

立身传六艺，知命叹穷途。
今日环球遍，风行孔子书。

韩非

奇谈妙论势难埋，韩地奇花秦地开。
教会他人君主术，却从自己试刑来。

枣庄诗研会记诗（2016年9月20日）

冯谖弹剑孟尝君，债券集来一炬焚。
教训三千须记取，宜将信义驻于民。

【注】
薛城为战国齐孟尝君封地也。冯谖自告奋勇为孟尝君收债。到则将全部债券放火焚烧，为孟尝君"市义"。博得民心，使薛城为其稳固根基。

秦长城遐想

罪在骨堆功在城，秦砖汉瓦苦经营。
千山万壑烟尘里，曲直何须太分明！

怀古邯郸

舞罢歌消王气微,寒鸦数点总徘徊。
夕阳惨淡回车巷,秋草疏离赵氏碑。
十万降卒千丈泪,一抔黄土几坑灰。
无情最是风如旧,抹尽黄粱喜与悲。

刘邦成功

英雄乱世起穷途,百战胜读万卷书。
溲溺儒冠知错改,①成功偏在"三不如"。

【注】
① 刘邦起初鄙视儒生,解其冠,溲溺之。

大风歌

大风猎猎楚云低,"三个不如"皆布衣。
奈何兔死烹功狗,君主言行不统一。

登涉故台

即大泽乡陈胜吴广首义处,在安徽宿州。

暮色昏黄里,西风照古台。
含烟枯井闭,向雾草花开。
民许陈吴志,官依蛇鼠才。
三千青史笔,抹不尽尘埃!

读思录

强秦亡楚楚亡秦,胜败兴亡又几轮。
善恶谁言皆有报,时常权制压民心。

彭城曲

一曲大风吹彻秋,几回草莽变王侯。
夕阳西下波如血,拍打千年古渡头。

张子房墓道碑

说项才难尽,依刘谋略多。
功成身即退,不听大风歌。

七律·芒砀山

芒砀逶迤秋渐深,当时刘季起微尘。
斩蛇一剑氓成圣,征战千旗汉代秦。
邻里茫然识衣锦,大风何处觅知音!
游人不解兴亡事,指看山间紫气云。

怀李广

一箭能穿虎,无言可媚君。
封侯何足论,向背在人心。

太史公

大道无形太史公,千秋笔墨解鸿蒙。
披肝沥胆奇冤后,警世悲天品性中。
功过是非岂隐讳,王侯俗子任说评。
直书皇帝流氓相,报告文学老祖宗。

苏武事迹

持节匈奴叹数奇,兄亡弟殁杳难知。
李陵规劝先啼泪,卫律威逼徒费辞。
水草丰盈大泽畔,胡妻柔顺洽欢时。
子卿北地寻余脉,通国还朝擎汉旗。①

【注】
① 苏武在匈奴的儿子名"通国",苏武暮年后,被召回封官。

王莽功过

废汉立新朝野忙,忠奸勿以此衡量。
黎民只要能温饱,哪管皇家刘与王!

王莽改良

大厦将倾火欲燃,定时炸弹一丝悬。
无人能有回天计,王莽改良触机关。

曹操

青梅煮酒盖世雄，一统三分奠基功。
饮马长江王霸气，赋诗明月苍凉声。
皇袍衬里求谦逊，白粉涂颜落骂名。①
倘若直登皇帝位，后人谁敢论奸忠！

【注】
① 就曹操当时的地位、影响，完全可以取代汉帝自立。谁知此君谦逊多虑。有实无名，说什么"苟天命在孤，吾为周文王矣"，照历史学家翦伯赞的话就是："把皇袍当衬衣穿在里面，反被人抹了一脸白粉。"

白帝城

白帝托孤薄雾中，英雄难改水流东。
知其不可而为也，赞孔明时哀卧龙。

成都武侯祠

新花旧柏各纷纷，遗韵千年梁父吟。
谋画隆中慷慨士，托孤白帝涕零臣。
人心向我难成我，天道怜勤不助勤。
前后出师皆不朽，终归一统胜三分。

南阳茅庐

南阳高卧日迟迟，天下合分未可期。
倘使阿瞒抢先顾，兴亡成败又谁知！

诸葛悲剧

算定三分势，兵书十万言。
九伐多不胜，气数在北边。

南阳诸葛庐

南阳高卧日迟迟，天下合分难预期。
倘使阿瞒得先顾，兴亡成败又谁知！

孙仲谋

南人诗词以孙仲谋为雄杰，误矣！

南人笔墨偏萧瑟，几把孙权作杰雄。
半壁江山不满百，奠基一统是曹公。

蜀汉

刘关张葛会南阳，天下三分征战忙。
一日无宁天府国，益州百姓念刘璋。

统一趋势

其一

大块中华难久分，南柔北劲势非匀。
从来一统如席卷，南举降幡北事君。

其二

煮酒英雄竟是谁，天时地利迥难违。
东风虽与周郎便，未抵北风强劲吹。

五古 刘备墓

燕赵席履铜，长埋锦官城。
宫花依旧在，墓草为谁青？
煮酒三巡冷，用才两代穷。
豪杰闹独立，庸碌不纷争。
千年风雨住，江碧蜀山红。

神州格局

合分板荡费疑猜，万里神州作舞台，
战祸几番自东起，新风数度渐西来。
汉家社稷胡骑盛，北漠狂飙南气衰。
分辨云图旋转势，依稀造物为安排！

民族混融①

老师说"我是杂种",源是民族多混融。
一语天机君道破,难得真话好先生!

【注】
① 在北大历史系第一节南北朝课,老师汪篯讲到民族融合,说我们大多数汉族或其他民族早已不是纯粹的了。他公然说:我就是杂种。一语惊座。细想有理,至今难忘!

陶潜

门前五柳气轩然,松菊拓荒入诗篇。
腰直亦须柴共米,清高未必在桃源。

壬辰寿州行

应东良先生邀,往宿州,访淮南,登寿县古城(楚国后期都城),谒大泽乡陈胜起义之涉故台,兼过台儿庄。细雨薄雾相伴,而游兴更浓也。

其一 八公山

鹤唳风声寂不闻,蔡钟楚鼎旧翻新。①
八公山下东流水,淘尽兴亡鉴古今。

【注】
① 寿县为国家文化历史名城,其博物馆多楚文化藏品。

其二 登城楼

楚旗翻卷雨凄凄,城下寒砧漫捣衣。
门洞穿梭轮毂乱,千年成败碾成泥。

其三 过淮河

汉王衣锦项王头,几度楚材作楚囚。
人物诗书付流水,偏留豆腐誉千秋。①

【注】
① 传豆腐为淮南王刘安创制。

其四 叹苻坚

谁道投鞭可断流,载舟苛重便倾舟。
苻坚何处哭王猛,自古才人不自由。

咏史诗选之二 隋唐宋

隋炀帝杨广

天道初平帝道荒,三千粉黛聚阿房。
岂因忧报杀铮史,①何妒燕泥落空梁?②
一户逍遥千姓苦,三宫日短运河长。
民心化作春秋笔,勾却隋杨换李唐。

【注】
① 有忠臣报忧,皆杀之以饰太平。

② 薛道衡有诗"空梁落燕泥"为世人称道。炀帝嫉妒，借口情同叛逆杀之。还悻悻地说："复能做空梁落燕泥否？"

陇西李姓

天下李姓，临洮陇西为第一郡望。吾虽李氏，敬而不敢附攀也。

　　车向洮河认朔方，秋深夕照正苍茫。
　　出关老子游踪渺，射虎将军恨憾长。①
　　天下纷然忒多李，几人终久可称王！
　　由来贵姓真真假，莫以浮名误稻粱。

【注】
① 相传老子出关后在临洮升天；李广是陇西李氏名将，忠勇而不得志。

则天皇帝

　　当空日月曌字新，①武略文韬女帝君。
　　桀骜冥顽锥刺骨，②骚人传檄笑微颦。③
　　飘摇四子宫灯马，媚靥二张石榴裙。
　　完璧归唐无字冢，解铃人是系铃人。④

【注】
① 武则天造字，为日月当空之意。
② 太宗时，有烈马名"狮子骢"，难以调教，武则天说，她可以用钢锥刺马的脖子制服它。
③ 骆宾王作《为徐敬业讨武曌檄》文，气势磅礴有文采。武则天听了檄文，微微一笑，称赞骆宾王的才思。

骆宾王

不管炎凉世，直声鸣到秋。
情归灵隐月，心系浙潮头。
敬业紫金客，则天才俊囚。
千年诗未朽，舍此复何求！

西藏溯史

雪域高原

抚今追昔望穿涯，造物人文气自华。
一统舆图忽必烈，九通佛派八思巴。
千年攘攘无歧路，四海融融此是家。
最喜羊卓湖似镜，秋来倒影格桑花。

扎布伦寺

仰望禅师扎布伦，卿云绕绕我沉吟。
古来将相真无种，诸路佛神皆是人。
几个小民成气候，一帮皇胄堕藩尘。
雪山流下冰清水，洗荡胸襟还本真。

文成公主

一自孤身到拉萨,丝衣蚕茧念桑麻。
长安回首无归路,雪域低眉此是家。
街市深深马奶酒,毡房滚滚酥油茶。
争说佳话千秋史,霞染云峰可是她!

回到大唐

诗词文藻绣成堆,李氏王朝殊可期。
我欲溯回唐代去,不考洋文不减肥!

滕王阁怀古

谁留绝唱水云间,勃也安南去不还。
天际霓霞变苍狗,周遭沙渚布棋盘。
凭高慷慨登楼赋,醒酒缠绵锦瑟弦。
圣代才人谁尽用,宜将吴楚作诗坛!

步王勃滕王阁原韵

落霞孤鹜消沙渚,旧曲新弦漫歌舞。
截取巫山一段云,难为荆楚潇潇雨。
渔樵帆影去悠悠,除却枫红也是秋。
滕王阁序高标在,如练澄江似不流!

水调歌头·敬亭山怀李白 （2014春）

久慕宣城道，来访敬亭山。曲径竹林绿雪，①遥忆昔时颜。记得谪仙坐卧，天子呼来不醒，狂客在峰巅。十里桃花渡，湮没旧帆船。　追逝水，辨沉陆，叹桑田。汪伦李白小谢，②佳话逾千年。莫羡名留纸墨，但愿云闲似我，心净胜参禅。一醉千杯少，只要结诗缘。

【注】
① 绿雪为敬亭山茶名，清冽幽香。
② 此为李白与汪伦交往之地；谢朓，李白称之"小谢"，曾为宣州太守。

怀念杜甫组诗六首

诗史

秦中百代帝王州，唱到霓裳气象休。
头上拾遗工部帽，梦中漂泊落帆舟。
烽烟藩镇连天乱，酒肉朱门带血流。
嗟我生民真侥幸，杜陵肝胆为歌讴。

民生

诣阙长安迥未安，飘蓬负重志难弯。
孤帆诗酒和秋冷，贫病乡愁带泪潸。
渠坝今翻杂色水，城乡漫隐雾霾天。
年年广厦如云起，朝野缘何有怨言！

心怀

辗转飘蓬两鬓霜，热肠滚滚下湖湘。
为民泪洒秋风里，望断襄阳和洛阳。

不老

语不惊人死不休，歌吟唱彻夕阳秋。
江山易改诗难老，一杜何须万户侯！

出新

流离宫阙复民间，诗酒孤舟卷巨澜。
老杜凝眉如告我，新人不写旧时篇。

草堂觅诗魂（成都）

贫病交加君去后，诗魂万里少知音。
华堂楼宇皆非是，①唯有茅屋似故人。

【注】
① 今之成都草堂，阔若宫廷，既非当年面目，更非老杜情怀。

经略台(在广西容县)

　　此台是全国文物保护单位,唐朝时元结任经略使建,现为明代原貌。其于二楼四柱悬空,而到了三楼,却以其支撑以上全部负重,平衡之巧令人叹服。

前贤经略起崇楼,此日繁华往日幽。
怀古谁穷千里目,归来我剩一身秋。
悬空树作擎天柱,照水人如独木舟。
阅尽沧桑诗寂寞,且从山海论沉浮。

荥阳禹锡公园

陋室一铭百代光,竹枝新曲不凄凉。
中原故地杂花艳,凭吊刘郎是李郎。

新凉州词一

天下豪情聚武威,千年古月放新辉。
葡萄美酒金光满,又把凉州唱几回。

新凉州词二

大漠长风无尽头,黄河千里一壶收。
山川聚得英豪气,振起中华耀地球。

薛涛井

薛涛井畔访才女，却见竹林阵阵高。
自古才情难寂寞，千年井水起波涛。

吊贾岛（2007秋）

天召阆仙难禁诗，斜阳墓草日迟迟。
河枯百里沟痕在，木老千秋檩柱危。
文气已然惊渭水，乡情今更涨京师。
吊君新句连肠热，恨未相逢在盛时！

宋祖兴亡

陈桥兵变技雕虫，以宋代周势所成。
榻侧不容它姓睡，后宫烛影斧声声。

李煜

江山半壁亦堂皇，弦管讴歌醉夜长。
玉体依然陈暖榻，铁蹄已报破宫墙。
五更冷雨伤家国，万种新愁涌大江。
原本骚人绝代种，偏偏误会作君王。

七夕伤李煜

李煜以七夕之日生,七夕之日死,江山不保,而凡有人烟处都有李词。岂非命乎!

七夕来者七夕去,奇巧风流惟李煜。
半壁江山守不得,诗词填遍九州地。

郏城吊三苏

千古流觞赋并诗,郏城暮草日迟迟。
一门学士文情笃,三地父兄丘首奇。
已共华章垂百代,更无愁雾黯京师。
漫天风雨连花海,恨不相携唱盛时。

成都苏子故居

清溪绕碧庐,众口诵三苏。
百代多更替,诗门久不孤。

海南怀东坡翁

明月照苍茫,孤舟过大江。
几番辗转后,花甲复蛮荒。
教化千秋誉,凄凉万众伤。
才人多不遇,至死未还乡。

念奴娇·东坡赤壁怀古原韵

长江如带,青峰下,寻觅昔时人物。碧水莲荷依旧是,千古东坡赤壁。湖揽新光,亭披旧影,遥忆一堂雪。①仲谋诸葛,问谁真个豪杰! 望中吴楚迷离,疑是风和雨,霾雾同发。鹤去云回天际渺,堤坝烟桥明灭。冷眼官权,系心民瘼,不朽黄州帖。愧祷坡公:世风不似明月。

【注】

① 当年苏轼建房一座,落成时适逢大雪,遂绘雪于屋之四壁,取名为"雪堂"。

又到开封

铺展一幅画,湮埋七座城。
千年铁塔在,道是那东京。
权贵包公避,香莲底层轻。
天波杨府外,谈笑演刀兵。

西夏王陵

统统复分分，沙天布战云。
干戈谁做主，兴替不由人。
一夏荣西北，千秋泣鬼神。
赫然标李姓，不敢认宗亲！①

【注】
① 西夏开国主元昊，唐时赐姓李，宋时赐姓赵。

林冲

堪叹高俅力道深，一球踢到御墙根。
男儿脸刻充军印，妻子胸怀必死心。
怒火烧天天欲破，长枪戳地地当沉。
英雄末路同归路，历史车轮带血痕。

岳飞

武穆何须怒发冠，皇家国策是偏安。
金银宝器皆须返，唯有徽钦不必还！

李纲

南墙屡撞不回头，霜剑风刀硬骨头。
大宋江山救不得，徒将遗恨刻山头。

雁北组诗

（一）到大同

绝代云窟百代风，平城喜见绿葱茏。
惠民益己堪真爱，和且不同乃大同。

【注】
"不同乃大同"，孤平乎，不能改也！

（二）应县木塔

雕痕千载辨朦胧，尚有木工漆匠名。
盖世工程君细品，英雄奴隶共襄成。

（三）木塔倾斜

微倾特立泛祥光，摇曳风铃唱夕阳。
借问塔前双燕子，民生皇运孰绵长！

（四）悬空寺

悬空一踏不心空，谁个当真能永恒！
破壁回头还面壁，莫如诗酒唱西风。

咏史诗选之三　元至清

访内蒙古三首

成吉思汗

惊雁叫胡天，狂飙过莽原。
长河冰铸铁，大漠马飞烟。
带甲跨欧亚，恩威抚众贤。
天骄殂西夏，未及下江南。

长城内外

塞上秋来早，关河一月孤。
烽烟散回纥，沙草没匈奴。
但有安民策，何需常备胡！
长城空废久，宜作导游图。

民族姓氏

族系无纯种，五胡难细分。
长城关不住，百姓走游民。
汉使尝留后，唐皇更有亲。
吾宗是何李，缥缈问浮云。

元上都三首

骤起风雷震九陔,八荒俯首众关开。
一声号令亚欧动,此是中心大舞台。

月照上都光似银,长街漫步论浮沉。
环球霸主知多少,成吉思汗第一人。

山环水抱认蒙元,旧垒残垣带紫烟。
我是云游沧海客,秋风晓月入诗篮。

到邢台

多少龙蛇付流水,山川依然耀邢州。
秉忠有梦弥华夏,铁马无缰泛亚欧。
画并飞泉连旷野,诗随峰谷探深幽。
难能尘世嚣嚣日,放浪吾心看地球。

【注】

刘秉忠,邢台人。是元世祖忽必烈的主要谋臣,谋划建元,修建元大都,制定典章制度。忽必烈重农桑、安百姓、融合中原文化以邢州为典型。刘秉忠有词云:"龙蛇一屈一还申,未信丧斯文。"可视为对元朝政治文化的总评。

得成吉思汗青花瓶

瓶为典型早期元青花瓶。肩有汉字"大蒙成吉思汗皇帝万岁万万岁",年代应该在建元之前(量子测定1209年,为成吉思汗四年)所用器具。记载了成吉思汗已经统治北方、蒙汉文化交融现象。历史价值极高,它处未曾见也!

海浪滔滔腾巨龙,悠光古韵静无声。
八方寿贺天骄子,敢是蒙元第一瓶!

临川句(谷雨日)

一脉渊源老,临川代代雄。
雄文说介甫,雅剧誉汤公。
林密何来凤,溪深不见龙。
于今诗共酒,不与旧时同。

慕田峪

新还旧矣旧还新,寻觅当时那块云。
一派初秋犹带夏,几家故物竞描春。
未曾关隘阻胡马,何处桃源安草民!
抛却积年浮滥调,关山应许另弹琴。

五律 景山崇祯殉难处①

曲径掩高台，林深次第开。
承恩太监义，造反闯王才。
皇帝要寻死，何须怨树哉！
景钟敲未了，引得大清来。

【注】
① 当时太监王承恩陪皇帝自缢；因吊死皇帝有罪，大树被铁链捆绑多年，现已解脱。

七律 嘉峪关

蜿蜒明灭断还连，壁垒千秋似牧栏。
一片白云封不住，几支胡虏度阴山。
牧羊有后怜苏武，裹革无尸叹马援！
嘉峪关头烽火息，新城旧史两重勘。

甘州明代粮仓

甘州古地记沧桑，隐在楼群小地方。
土木无华真国宝，民生至重是粮仓。

步京战居庸关原韵

幽燕远古海曾环,谁筑长城云水间。
欲固金汤阻胡马,讵知敌寇破重关。
秦皇兵俑闲无业,百姓桑麻盼有闲。
溶取千年冰与雪,冬山洗罢画春山。

恩施利川李家大水井

重重李家院,几代几枯荣。
草色苔痕绿,云檐鸟影轻。
泉寒生古意,曲老唱新晴。
此水仍如镜,千年照浊清。

七绝 蒲松龄故居

其一

半醒半痴半消沉,画狐画鬼更画魂。
百年教训堪记取,鬼狐丑恶逊于人。

其二

屡落孙山君大材,文章笑骂留仙台。
深深小巷斜阳短,几簇寒梅万里开。

文安乾隆巡河碑

河北文安洼有乾隆巡河御碑。铭文有"叩谢尔莫亟,吾犹抱歉哉"之句,皇帝道歉,难得难得。吾有所感,口占为诗。

九河汇聚水灾频,碑刻模糊意味深。
百姓莫施惶恐拜,君王毕竟愧于民。

秋日复读金圣叹

秋雨清凉,得以远离繁绕尘嚣。复读金圣叹批才子书,至《唐才子传》。金圣叹,实乃"独立之人格,自由之精神"先驱者。吾初读时曾有批语于字里行间,今则全然淡忘矣!温故知新,遂发老迈神衰之叹。好在持正知变,不敢保守,又堪慰也。记曰:

意懒本无诗,诗来逼人作。
东场焰腾空,西榻人索寞。
一句暑炎消,二句秋萧瑟。
春秋阅无穷,诗魂不堪锁。
叹他金圣叹,死后有遗墨。
持正知其变,谁为后来者!

九宫山

天低吴楚正苍茫,幻化龙蛇说闯王。
民苟能活谁造反,官持法条竞贪赃。
九五九尊难长久,大顺大明皆败伤。
多少英雄归草野,野花寂寞有余香。

大冶铜冶坑

三千岁月变浮沉,雨湿铜坑未见新。
工匠凿山输汗血,官权到底聚金银。
由来德政修文武,为甚公平总负民!
黄绿几番秋去也,留些感慨予诗人。

七绝 左公柳

　　访东疆住哈密,见河边柳树参天,叶肥类桃,乃左公柳也。当年左宗棠定边广植柳树。今干戈止息,烽烟不再,唯此柳茂密,连绵千里,纪左公之功也。

万马西征五十州,沙埋雪打烂无钩。
葱茏最是左公柳,绿到天边不肯休。

戊戌变法

中洋新旧斗纷纷,（斗争内容）
君不君来臣不臣。（光绪和袁世凯）
善恶未得善恶报,（慈禧和康梁）
解铃不是系铃人!①

【注】

① 自经之系,倒悬之急,自者不能解,系者更不会解,多由他人解救之。纵观古史中的难题大事,系铃者解铃实属罕见。中国封建制度的终结,也是在外来思想影响下,以共和体制取代帝王制度解决。

咏史诗选之四 近现代

怀念孙中山

元戎振臂呼,烈士掷头颅。
旧垒千钧破,新图百战殊。
烽烟渐沉寂,功过岂模糊!
专制根深厚,仍须共蒉锄。

感言

奴隶英雄同创史,锄头笔杆共耕耘。
环球多处文明劫,唯有中华根脉深。

偶记

干戈化玉帛,旧镜待新磨。
犹记揭竿日,千金一诺何!
有人权在手,脸变敛财多。
几曲清平调,难当国际歌。

(以上三首纪念辛亥百年作)

建党纪念嘉兴南湖诗

敢为天下先，是处启航帆。
驾得北风烈，星星火燎原。

漫漫长征路，悠悠九十年。
回看山与海，迥立万峰巅。

春月花如海，千山唱杜鹃。
时迁物候改，莫使负先贤。

平湖一望收，指认辨潮头。
无改是斯水，依然浮覆舟。

吴江怀南社先贤

山之灵秀水之魂，化作吴江士一群。
有的西方览经卷，有人东海探神针。
沧桑未许音容渺，磨洗更知文墨新。
天若无情天老否？九州花甲正当春！

鸡公山

冲天遗世立，千岭一鸡雄。
朝饮清溪水，暮餐松谷风。
牙旗升虎帐，钜野点秋兵。
胜败谁恒久，毛公问蒋公。

读毛泽东诗词

山河湖海人天地，风月雪花松竹梅。
豪婉容融流韵壮，和声涌起大潮来。

经天纬地铸诗魂，独领风骚一巨人。
百舸争流千里雪，引来多少沁园春！

韶山故居（2010年冬在湘潭）

虎踞龙盘势，山川大写人。
有瑕岂掩玉，毕竟转乾坤。

淮安周公故居

九州无墓茔，淮左有门庭。
青史翻新页，红歌忆旧容。
卧龙三顾义，翔宇两难情。
后世多传诵，谁能忘姓名！

中国统一趋势[①]

其一

大块中华难久分，南柔北劲势非匀。
从来一统如席卷，南举降幡北事君。

其二

煮酒英雄竟是谁,天时地利迥难违。
东风虽与周郎便,未抵北风强劲吹。

【注】
① 中国历史确有以北统南的规律性现象。个中原因,吾曾有《北风烈:中国由分裂到统一的历史调查》一书,做过初步研探。

人才史论

历史如江海,人才是征帆。
何尝平如镜,万古涌波澜。
水可载舟起,又能覆舰船。
逆流兼曲折,迷雾复烽烟。
智者辨风向,勇者斗浪巅。
人才贵创造,君主重用贤。
谋划在人意,成败多由天。
胜者修青史,败者草野间。
史家食君禄,秉笔直书难。
呜乎,人尽其才多梦境,犹如有月不常圆!

风骚

史海豪杰岂万千，兴亡成败只瞬间，
你方唱罢他登场，各领风骚三五年。

大将

大将不知生与死，何须祭拜黄金台，
难当最是君王火，烧书烧剑俱成灰。

悟彻

谁把酒樽酹滔滔？沉沙折戟绕羽毛。
人生倘有真悟彻，胜过锦衣玉蟒袍。

知人善任

知人善任诚矣哉，不识何从想起来？
身边花木先得水，八分机遇两分才。

与钟老家佐谈史

战火硝烟漫帝京，长城万里骨堆成。
英雄成败黎民苦，历史车轮带血行。

盖棺难论定

是非功过一时间,雨打沙埋难尽删。
多少盖棺非定论,任凭刀笔与强权。

换朝

媾和总是兵压境,禅让多因剑抵腰。
胜者王侯败者寇,吹吹打打换新朝。

清平乐·史学家2009冬

云丝风片,世代沧桑变。功过是非理还乱,都让赢家评断。　　皇旗变换城头,平民血泪横流,历史无从修改,史家涂抹不休。①

【注】
① 史家,算起来也得包括我自己。

文随时代

唐宋诗词元曲令,风云际会势所成。
成才成事皆如此,人力莫同天力争。

七律 翦伯赞百一十年①

海晏河清梦久赊,孰料事理竟如麻!
改朝兴国歌高祖,板荡衰微罪史家。
民主岂成文卷纸,生活毕竟米柴茶。
百年值此清明日,一并屈平吊郢沙!

【注】

① 2008年4月14日为著名历史学家翦伯赞诞辰110周年。北大有翦老铜像揭幕活动。

塞班岛词三阕

塞班岛在太平洋中间,二战时日美争夺激烈,日本上万人跳崖自杀。今属美,为旅游胜地。

(一) 塞班印象(满江红)

水地云天,塞班界,石削树踞。登临处,沟深万丈,光波千里。舰岛斑驳烽火印,白鸥翻动春消息。驾长风,滚滚客西来,浪东去。　　二战史,烽烟地,山曾刻,海犹记,最东瀛弄火,欲吞寰宇。跳海葬身堪叹愚,招魂祭鬼无须惧。到头来,依旧满帆霞,涛如碧。

（二）天宁岛(江城子)

天宁岛与塞班岛比邻，之间相距千米。为当年美军原子弹轰炸日本的装载点。

一石横卧太平洋。历鸿荒，阅天光，五百年间，风雨记沧桑。战火连绵三万里，云水域，生死场。　　血光核影付收藏。煦风长，野花香，废炮荒碉，无语对斜阳。始信和平殊可贵，协四海，友邻邦！

（三）军舰岛(浣溪沙)

军舰岛方圆数百米，形似军舰。今废堡残舰及飞机残骸静卧水中；水翠沙白，为第一景点。

万炮轮番炸不沉，原来水下有石根。烽烟褪尽绿霪霪。　　沙底横斜沉舰影，浪间戏闹烂柯人。宜从此岛认风云。

澳洲南行歌

暮发京华晨南极，脚上犹带香山泥。
澳新是岛还是洲，百年迷茫问海鸥。
北溟有翼堪垂云，南洋有鱼可吞舟。
蹈海罗盘掣鲸手，此地无从朝北斗。
　　　　　君不见
银河渺渺无穷已，地球微微一粒米。

当年库克①扬帆八万里，醉卧沙滩长不起。
　　原住族群抗英伦，至今仍为人下人。
　　英岛文士莎翁辈，不曾澳新梦笔魂。
　　古今至奇是歌诗，经天纬地思无垠。
　　华夏骚人我不难，万分感慨付笔端。
　　可怜英澳厚颜辈，至今到处说人权。
　　长吉诡谲呈异彩，太白飘逸无能改。
　　俱作飞天逍遥游，手把星辰足踏海。
　　嗟尔！宇宙汤汤无共有，
　　　入我浓浓淡淡一樽酒。

【注】

① 1788年英国船长库克发现新澳，被称为"澳洲之父"；据说莎士比亚反对澳洲殖民主义，不肯为其著文。

临江仙·西行印度

　　东土西天八万里，乱山断水分云。夕阳如火照斯邻。佛门根祖地，一样是凡尘。① 　　一忆昔取经多趣事，呆僧猪马猢狲。远来和尚易成神。沧桑百变了，还唱旧经文。

【注】

① 印度(含尼泊尔)为佛教发源地，但佛教基本被摒弃，信众仅为0.8%。印度教为国教，与佛教大相径庭。

沁园春·果阿岛

雨幕风屏，洒洒停停，止止行行。看星棋布列，南新北老，杂花错落，河桥纵横。战火留痕，神堂断壁，百代烟波动未宁。弹丸地，系五洲战事，万国征蓬。强权更替纷争。　　惜功过是非解不清。彼西欧鼠小，东亚象大，①一佛家无欲，基督多情。炮火何兴，征伐谁起，福祇几回佑众生！天不语，任云飞霞卷，市井潮声。

【注】

① 果阿岛在印度半岛西侧，临阿拉伯海。葡萄牙殖民占据五百年。1961年印度强力收回。

果阿

茫茫山海两无端，浪拍果阿万事闲。
小住林深浓密处，一天访问数千年。

六编 新诗卷

大象云游记节选

【编者按语】云南大象北移,曾成为2021年轰动世界的新闻。又适逢世界生物多样性大会在昆明召开。李树喜先生以资深新闻工作者的敏感和诗人的热情写成大象北移的长诗,涉及到人与动物与自然的多个方面。老诗词人写新诗,令人耳目一新。

一、象游历程

序

一只蝴蝶
在南美亚马逊丛林煽动翅膀
可能引起太平洋的风暴
一群大象
从中国云南密林出走
又会发生什么

中国 云南 西双版纳
树林深处 鸟儿静谧
野兽潜行
从来没有的宁静

从来没有的沉重
象闹闹停止了走动
象文文闭上眼睛
一个特别的会议
掩不住
情绪的躁动
话题
从西双版纳 普洱 玉溪
说到昆明

【注】
这个短鼻家族成员：象妈妈、象叔、象灵通、象博士、象文文、象闹闹、象娇娇、象肚肚、象哥哥、象仔仔、象鲁鲁、象瞇瞇、象虫虫、小毛毛（路生）、小灵通等。

1. 议定

象妈妈
是他们的首领
她说
是的 这些年
我们林地在缩小
人们扩大农耕
食物的单调
逼近的噪声
不再安宁
究竟发生了什么事情
象博士相当好学

收集了不少资料
只是视力稍差
象脑类似电脑
随时调取参照

他说
说起所在西双版纳
它的知名度颇高
旅游热点交通要道
西南边陲 地位重要

热带森林 景色最美
民族风情 歌舞曼妙
动物植物王国
全世界都引为自豪
还有咱们大象
是西双版纳的骄傲

但不能相信那导游的介绍
说野象谷看到野象
我们大象怎样吞食香蕉
怎样戏耍赛跑
十分幼稚可笑
我们和他们
最好
不打交道

互不干扰
不过
我们可以到外面走走看看
开开眼界
做点比较

"小灵通"鼻子似偏长偏细
闪动着水汪汪的小眼睛：
"听说 听说　昆明
要开全球什么大会
什么环保　生态文明
各国要来签约　哟
这可是关系我们的事情

去看看　去听听
快点　行动
几位象叔一齐发声

象妈妈思索片刻
用鼻子戳戳大地　说
世界这么大
不知有
多少个西双版纳
吃万种食
行万里路
四海为家

好吧，天黑开拔

于是
这个短鼻家族
仰头甩鼻
向北向东
于是
十五个小山丘般的黑影
缓缓移动

人们
听说过"蝴蝶效应"：
可他们
是地球陆地上最大的动物啊！

2.逼近昆明

（动态：6月2日21时55分，北迁象群沿玉溪市红塔区春和街道老光箐村北侧前进，进入昆明市晋宁区双河乡。）

西北之行
穿越玉溪
接近昆明
晋宁区
双河境
大象大 胆子大
云之南 滇池边

天之下　你我他
　　别人不怕我们也不怕
　　要不去昆明打探一下
　　如果能看看那个什么会议
　　咱们能不能算上签约一家

　　　　小象跺跺脚
　　　象叔摇摇尾巴
　　听说那儿有百万人家
　　　大街上都是鲜花
　　　滇池和海一样大
　　　我可以痛快游泳啦

　　　　象博士说
　　　那里有个西南联大
　　　毕业的都是学霸
　　把你仔仔关在托象幼儿班
　　　让你读书学文化
　　象仔摇头　不再说话

3. 小象毛毛诞生记

（观象纪事：2020年12月，监测人员发现野生亚洲象进入普洱市墨江县境内，其间，群中一母象生产了一只"象宝宝"。）

　　　　七月盛夏的普洱
　　　　　墨江绿绿
　　　　　茶树青青
　　　　红外线　无人机
　　　　　跟踪不停
　　　　　　那是
　　　　　社会的关爱
　　　　　人类的眼睛

"咦，报告发现——
情况有变动，数量看不清！"
　十五、十六，究竟几头
　　好像增加了一个身影
　　　　原来　途中
　　一头小象悄然降生
　蓝天　溪流　柔草　鸟鸣
　　见证了难得的场景
　　　　象妈妈的身后
　　　　　　新添了
　　地球上最大的幼婴

　　　　　　　他

迷茫地看看四周
笨拙地扬起脖颈
颤抖地站了起来
接受大地的欢迎
群象的触摸、围拢！

他
长久依偎在妈妈腹下
享受乳汁 安全和亲情
这可是象群体和全象类的大事呀
难得的喜庆
生生世世
接代传宗

当然
我们知道他的生日
不知他的体重
还有 他的爸爸是谁
这个小家伙
是母还是公

4.莽莽醉了

一处接近田园的地方
那是谁家的酒坊
散乱在墙外
酒糟还是酒糠

一种奇特的芳香

　　难耐的诱惑
　　强烈的向往
　幼崽　只是闻闻
　母象　只是尝尝，
　而其中象莽莽
　　要大快朵颐
　　一捧又一捧
　　一轮又一轮
　如入无人之境

　　　足足有
　二百斤下肚了
　　两眼渐迷茫
　　摇摇又晃晃
　　颓然小山倒
　　呼呼入醉乡

　　　啊
　　梦里有天堂
　　他乡似故乡
　　四面是朋友
　　到处是甜香
没有饥渴　没有寒冷
没有烦恼　没有争斗

更没有猎枪

毕竟 是在旅途
南柯一梦不算长
莽莽 他醒了
不能离开群体
不能丢在路旁

他 笨重地站起
蹒跚地跟上
来了
一个影子在上空头顶盘旋
一种声响在耳边缠绕
洗耳听 抬头瞧
不是鹰也不是鸟
像一只大蚊子嗡嗡地叫

难道是巨型的飞虫
前来骚扰
象群
对蜜蜂 蚊蝇 牛虻
很不感冒
啊
原来是指挥部的无人机
有时飞得很低有时很高
尽管他们尽力飞高

把声音放得最小
但那动静我们知道
不是袭击 没有轰炸 也不是喷药
昼夜追踪是何奥妙
啊 明白了
原来是人们用它搜集情报
有录像 有拍照

时时处处
分分秒秒
多彩滤镜
掌握动态信号
这个东西相当必要
虚惊一场有点可笑

但是我们还是
不懂那一套
什么
卫星 北斗
网络 电脑
大象的世界
没有预料到

5.大象的"五一"节

（观象纪事：2021"五一"假期，15头亚洲野象在元江县县城东南方的元江（红河）内玩耍戏水，好似在欢度"五一"假期，还吸引了不少男女老少前来围观。象群的到来引发了当地群众"云吸象"，给大家带来了不少欢乐，但同时也给当地农户带来了一些烦恼，象群觅食所到之处，一些香蕉地、玉米地、水果地遭到了破坏。其间，元江交警不管刮风下雨、高温酷暑，在相关路段设置卡点，在象群进入公路时采取临时交通管制措施，对围观群众进行劝导和疏散。）

"五一"
群众的节日
人们 走向山林
集聚水边
歌舞狂欢

大象呢
也要过节吗
他们停止了攀援
在元江水边
生性喜欢弄水
现在放开玩玩

母象洗刷皮肤
公象吹起喷泉
幼象追逐嬉戏

只是毛毛太小
依靠在妈妈腿边

元江轰动
千人围观
指指点点
距离与落差
保障了安全
人象同乐
百年不遇
盛世奇观

放松中有紧张
欢乐中有忧烦
大象
不读锄禾日当午
大象不惜盘中餐

所到之处，
香蕉林、玉米地、蔬菜园
如秋风扫落叶
一片凄惨

大象恣意
农人忧烦
这

人象之间

得失之际

大局小我

有

急中缓 忧中乐 苦中甜

6.蘑菇、大象与人

（观象纪录：据云南北移亚洲象安全防范工作省级指挥部消息，夏至、小暑是采蘑菇季节。采菌队被劝阻。6月30日，现场指挥部劝退上山采菌者120人，7月4日又劝返274人。）

海有海味 山有山珍

云南人是幸运人

美食与美菇不可分

云之南，大森林

漫山遍野野生菌

你可想到

菌的世界

无边无垠

地球的菌类如此繁纷

二个纲、十一个目、

三十五个科、九十六个属、

大约二百五十品种

真是不可胜数

占全世界食用菌类

一半还多
云南
这还不是
"真菌王国"?

珊瑚菌 虎掌菌 香菌 牛肝菌
新米菌 皮条菌 青菌 白草菌
大红菌 鸡㙡菌……
像花 像鸟 像兽 像云
有的还像人
有像维妙维肖的扫把
还有更像油漆过的黄罗伞
鹤立鸡群
还有
大朵的木灵芝
老人说是山的灵魂

而那漂亮妖艳的
极富色彩的 斑斓绚丽的
可看可赏要当心
绝不可食
因为那是毒菌

正当
菌类生长的季节
跃跃欲试 摩拳擦掌的

老乡　专业户 山民
还有远来的旅友
待到夏至新雨后
漫山俱是采菌人
踏着露水　挽着清晨
一波又一波　一轮又一轮

对野生菌的炽爱
年年季季
如此之深

而今　而今
变了风云

上百车 上千人　上山去；
请停车　莫下车　快回去！
这是关于采蘑菇的对话
森林警对采菌人
原因只有一个
象群　象群

因为短鼻家族光临
改变了往年的习惯
因为不速客
今日无法尝新

乘兴而来
扫兴而去
想想原由
倒也有趣
但愿只此一回
下不为例

可还有那么几位仁君
　悻悻地叹气
　好意地担心——
　大象可别中毒呀
　有毒无毒很难分

　象群中
　发出幽默的一笑
　亲爱的人们啊
　　请勿担心
　　这点知识
　　你们不如我们
　　连我们的孙孙
　　　都会区分

　如果他们在此
　　长久定居
　　又当何论
　　我们的美味

又哪里去寻

有菌无人采
谁个是赢家
问山　问林
问象　问菌
问你　问他
万物静默
没有回答

7. 捉放"鲁鲁"

（观象记事：7月7日云南北迁象群的"叛逆小伙"——一头离群32天的亚成年公象，被指挥部按预案麻醉后捕捉，并安全转移回到原栖息地。据指挥部专家分析，离群独象已独自活动32天，很难自行回到象群或返回原栖息地。7月5日以来，该象进入玉溪市北城街道埝坝塘社区，距晋红高速仅0.3公里，距昆玉城际铁路仅0.2公里。独象安全管控难度大，公共安全风险高。为确保人象安全，7日凌晨现场指挥部经研判后启动应急处置预案，对其采取了捕捉转移措施。相关工作进展顺利，下午3时独象被安全转移至其原栖息地——西双版纳国家级自然保护区勐养片区。经检查，各项生理指标正常，安全回归栖息地。我们称它为"鲁鲁"。）

不尽的山路
无边的林莽
一个灰影　恣意地游荡

是虎是豹　是熊是狼
都不是
那是鲁鲁
年轻的公象

阳光月光，田地农庄
东闯西荡，欲向何方？

他
可能放纵，可能发狂，
可能闯入村庄，
摧毁农房，
让鸡犬不宁，
老幼仓皇。

听，林警喊话了：
鲁鲁小象，
你的家族在你右方
妈妈叔叔弟弟
在找你喊你，
为什么不回到他们身旁

鲁鲁回答：
我初次出门，不知方向，
没有经验，有些逞强。
你们，要，要，把我怎么样

捆绑还是开枪?
林警喊话:
鲁鲁听着
不要紧张
你应该知道我们的好意,
为你着想,为你指路,为你备粮。
希望你回到出发的地方

鲁鲁回答:
喔喔,只要不让我饿肚子,
不抓到马戏团表演出洋相,
那,那,随你们怎样!
于是,短暂的束缚,
快速的赶路,
日行千里 朝阳夕阳

鲁鲁醒来 睁开了眼睛
啊,西双版纳
勐养子丛林
我鲁鲁回来了
我出生的地方
嚼一嚼甜嫩的香蕉,
滚一滚水塘的泥浆。
啊
就像是大梦一场

8.小象在泥潭

把一片潭水搅出波澜 搅成泥浆
是这个家族最高兴的节目
小象毛毛 滚滚叫叫
时而欢乐，忽而又乐而生悲
因为它 四肢打颤爬不上岸
不由呛了泥水
浑水掩盖着眼泪
勇哥哥要去帮她
象妈妈却阻止说
"等一会儿"
"让再试一回
尝尝苦与累的滋味"
小象还在挣扎 气力将尽
象叔叔把坡沿踩得更平缓
象妈妈后面"援鼻"助推
终于
上岸了！
象妈妈说
如果不让她练练意志和气力
将来还有更大的泥潭
更崎岖的路
让她应对

9.不速之客闯民居

玉溪的峨山
大象似乎情有独恋
在这里迂回徜徉
走走停停 游游转转
二十多天
特别是数度光临百姓家
一点也不怕带来麻烦

那日傍晚
太阳下山
他们出动了
有个村庄叫左边哨
大象前后左右走了个遍
先去李家池塘洗澡嬉戏
足有一个钟头时间

出来后意犹未尽
或肚子饿了
转身造访农家院
看到那家大门紧锁
舞动长鼻
把锁扭坏 把门捣烂
翻箱倒柜
不厌其烦
屋里一堆堆袋袋

猪饲料

大象竟然拿它解馋

霎时吞了一半

他们以为冰箱里会有吃的

就把冰箱拖到外面

打开看到空空如也

又把洗衣机搜寻一遍

那房主听任他们折腾

不敢出声

躲在屋顶上面

时间为夜里十一二点

小小村庄一夜不宁

大象却心安理得

如逛公园

既不付款

也不道歉

扬长而去　胜利凯旋

村民在害怕中长了见识

好在惊魂初定

人等平安

然后是

启动保险

来了理赔员
一方塘 一堵墙
一畦菜 一垄田
一棵树 一扇门
一把锁 一袋面
都 细细
登记核算
至于精神损失嘛
暂且不管——
就算你免票
看了
大象表演

二、象博士讲人文

自从有文字记载
人和象就紧密相连
象帮助人类运输
还为农民耕田
繁体的那个"为"字（爲），
本义就是人手把象牵
河南简称为"豫"
更直接与大象有关

从夏商周秦
以至
战国 两汉

及至
魏晋南北朝
绵延千年
大象一直是瑞兽
参与礼仪
播撒吉祥
敬地祷天

1. 象之唐宋仪象

（1）大唐帝国时代

长安是世界的中心
　华夏的骄傲
四海景仰　八方来朝
　交趾　吐蕃　南诏
　那里的大象
　被作为瑞兽礼品
翻越秦岭　走过灞桥
参与礼仪　表演舞蹈

不料起了风暴
藩镇之乱　庙堂倾倒
民不聊生　百事萧条
让颠沛流离的杜甫
唱出车辚辚　马萧萧
哭声直上干云霄

叛军攻进长安
大象也被惊扰
叛军胡作非为
那平时温驯的角色
不肯为叛将舞蹈

安禄山怒火烧
下命令断供水草
把仪象驱入深坑
放柴火烧焦
那一幕惨剧
不堪言表
叛将的逆行
不可恕饶

终于
拨乱反正
大唐复兴宗庙
安史烟云消散
反叛者身败名裂
为天下笑

(2) 宋朝驱象

自古至今 世代为邻
人与自然 动物与人
有时依赖 有时相侵

试看
　　人与人的战争
　　血火纷纷
　　动物与人
　　怎能没有矛盾

　　人要垦荒开地
　　象要山林水草
　　象须要安静
　　人喜欢热闹
　　人进象退　均衡难保
　　其间的冲突
　　并非不能协调
　　大象被人驯养
　　人以象为瑞宝
　　多数年月
　　关系良好

　　谁曾想到
　　那对外孱弱
　　偏安一隅的
　　南宋王朝
　　或因为疆域变小
　　或者是农耕需要
　　找个借口
　　发出杀象的令诏

号召把象杀死
或赶到
天涯海岛

渐渐地
象与人相隔
身掩掩
路遥遥

只剩下
动物园或
马戏团里的角色
让人观赏
引人欢笑

2. 元明象仪之盛

马可·波罗游记
是奇妙文章
关于中国 元朝
有记实 有想象 更有夸张
他说元帝国礼仪宏大
忽必烈居然有五千头大象
它们要时常参加皇帝仪仗
请问
一头大象
日食两百公斤草料

要为它们准备多少吃的
要盖多少象房

但大元朝毕竟使用大象
场面也相当宏伟堂皇
以表示大蒙古
威震寰宇 统御四方
象是皇帝巡仪仗中
必不可少的"大件"
装饰繁华 气宇轩昂
由人引导 侍立两旁
大象生性温顺
但也有时胆小
不但害怕蜜蜂
也惧怕狮子虎豹
那年皇帝打猎归来
伶人舞狮蹦蹦跳跳
大象受到惊吓
丢盔弃甲 拼命奔逃
皇上失色
众人惊叫

千钧一发
一位将军名叫贺胜
挺身而出
挡住象头 抱住象脚

　　　　大象 停步稳住
　　　　贺胜立下功劳

　　明朝与元朝大为不同
　　史籍记载相当分明
　　"驯象卫"是专设机构
　　　　几十头大象
　　配以官员差役和士兵
　　总数就有2万多名

　　大象的开销计划单列
　　　　朝廷指令
　　河南、山东、顺天等八府
　　　　按时提供

　　　重大节庆动用象仪
　　表示万象升平 皇家瑞气
　　　　　那可是
　　　隆重威严 惊天动地
　　永乐八年帖木儿来京觐见
　　　十头大象在宫门侍立
　　　　左右各有五头
　　　　　规规矩矩
　　　它们伸出长长的鼻子
　　　　　作交叉形状
　　　　　整整齐齐

让过者顿生敬畏
　　　　好似接受洗礼

　　明代还把大象分为等级
　　象朝臣一样有不同待遇
　　　　待遇优厚者
　　甚至让管事者心生妒忌

　　朝廷管象还有一套规矩
　　　　大象轮班出勤
　　　有病了则由伙伴代替
　　　　　大象立了功
　　　则添加草料　精米
　　　　　　犯了错
　　则训斥　罚站　乃至鞭笞
　　　　　　挨打之后
　　　　还要　点头垂鼻
　　　　　　谢主隆恩
　　　　　　表示服气

　这么多礼仪　这么多规矩
　　　将象与人等同看待
　　　　也是宠物史上
　　　　　难得的荣誉
　　　　　至于人象间
　　　　　　如何交流

沟通信息

是语言还是肢体

也许

是永远的秘密

3. 象仪终结于清

清朝朝仪的大象

多数来自西南

泰国 暹罗 缅甸 越南

万水千山 辗转经年

水土不服 难免病残

更使得京华

象房粮草 皆为所难

（规定：一天的食料配量是官仓老米 3 斗、稻草 160 斤，小象则减半。）

乾隆时

养象39头

已成负担

朝廷不得不下令

进贡减缓

直至全免

四极八荒

谁能久长

天下没有不散的宴席

宫廷没有永远的大象

清朝末叶

社会凋敝　朝野荒凉
再没有盛世的以往
光绪甲申的1884年春
一头仪象突然发狂
它不肯听从指挥
不肯参与仪仗
摇头　甩鼻　跺脚
将肩上玉辂抛掷空中
摔碎在地上
大吼一声从西长安门逃逸
在街巷横冲直撞
伤了不少市民
还将追逐的太监
抛上城墙
朝臣失色　百姓张皇
居民连日不出
在家躲藏
最后
捕回的大象禁闭象房
清廷由此明令"罢象"
朝仪不再有象的身影
不再为末世标榜吉祥
仪象老死　大清灭亡
只剩有石像和图案
回味那些时光

啊 是大象
　　既为历代皇家粉饰太平
　　也见证了封建制的灭亡

三、象眼看世相——N个为什么

　　大象行千里
　　世界多奥妙
　　有很多事情
　　他们想知道
　　提问争论
　　十分热闹
　　有的问题相当可笑
　　为什么把大象
　　说成宝宝
　　为什么对象群特别的好
　　为什么吃他庄稼
　　不怒不恼
　　为什么我们进村
　　他们要躲要跑
　　为什么总是
　　一路引导
　　提供粮草

　　还有
　　为什么人们到处旅游

我们不能出去跑跑
看来
人类的友好
真诚无误
人象之间
可以共处互助
不必担心被猎杀
反而得到悉心保护

但是
不明白
人们说爱护动物
为什么
要把鸡鸭
和牛
杀掉吃掉
为什么狗不干活
待遇那么好

还有更多个
"为什么"

为什么
这个世界不宁静
老说 说仁爱友善
有人做坏事不择手段

为什么讲和平博爱
到处动乱开战

为什么
自己的地方那么大
还抢人家的地盘

为什么农村地多人少
为什么乡间多是老小

为什么有大院别墅
没有人住
为什么有的挤在
矮房草屋

他们为什么喜欢
烟熏火燎
把新鲜的食物
煮熟烤焦
鲜美的东西加上辣椒
那可是啥子味道

为什么说吸烟有害
还到处出售
为什么有人喝酒必醉
到处出丑

为什么有吃有喝
　　　经常发愁

　　为什么
　　孩子们很少自由
　　学生们面对作业
　　　皱着眉头

　　为什么人们脸上
　　　涂脂抹粉
　　为什么时不时地
　　　吃药打针
　　　　还要
　　　减肥抽脂
　　　刺青纹身

　　最近还有什么
　　　东京夏奥
　　　　排名锦标
　　男男女女疯跑狂跳

　　　场上有人闹
　　　看台没人瞧
　　十几人抢一个球
　　　　又喊又叫
　　每人发他一个球

岂不更好
女人们
本该举止悠雅身段窈窕
为什么让她们
拳击举重摔跤
打得鼻青脸肿
练得虎背熊腰

还有
为什么 截断河流
修建水库
为什么修了高速
挡住象路

原始森林本来很好
为什么要改种香蕉橡胶
什么是规划
"纸标"和"木标"

为什么到处说"钱钱钱"
钱是什么
有的人
为了钱
要死要活
那几张花花纸
难道能吃能喝

还有
　为什么老是开会辅导
　　有人爱做报告
　　有的打盹睡觉

为什么诗人　摇头晃脑
为什么记者　胡乱写稿

　　当然
　疑问还有不少
　　象妈妈说
　　打住算了
　　别刨根问底
　　自寻烦恼

　　这些呀
　　人类自己
　未必解释得了

肇岳第一峰

宇宙不平
世事不平
人心也不喜平
于是一个创意
从一块平地
开掘工程
堆起一座山
挖出一个坑
从此才有
松嫩一片湖
肇东一个峰
于是才有
我们的诗句
浪漫与激情

台风三日

因出席"爱情诗词大赛"颁奖典礼，七夕到日照，适遇台风。预报时，当地朋友宽解地说，多年来，台风中心总是绕开日照，有惊无险。流连数日，果不其然！

等待台风，
像少女等待男友。
台风之于日照，
是一种强劲的温柔。
山海摇荡
雨细云稠，
渔夫把酒
诗人歌讴。
洗刷一切
胜有乡愁！

致台风

你从南方来　我自北方去
在日照相遇
摇动海洋　亲吻大地
带来雨水和凉意
是莽兽　还是神女？
在生命的进行中
你　不可缺席。

诗茶小镇

阳光下的日照，
让我们晒一晒爱情；
月亮爬上了茶山，
正好放飞心灵。
四维皆空 万籁俱寂，
让我们沉静，倾听
—那大地的呼吸，
万物的心声

写庆阳

在现代的大地上，
追寻最远古的时光。
我们一路看到
周人创业
公刘定居
农耕沧桑
硝烟和祭舞
阳光和月光
那奔涌的大河
是我们的血脉
那高兀的崆塬
是华夏的脊梁。
文化的永恒 已载入诗册；
真正的历史 不需要伪装

航班上的微笑

飞机上，我的邻座，
一位婴儿
依偎着妈妈。
妈妈说，
她只有八个月大，
还不会说话，
她一只小手
不时放在嘴里吸吮，
又不时抓起一本图画。
她看着我，看着我
居然显出亲切的表情
和微微一笑。
像小花儿初绽，
这微笑，深深地打动了我。
这微笑
比妈妈幼稚，
比航空小姐天然。
这微笑
可扫灭一切忧愁，
可以让生灵震撼。
可以改变世界——
虽然不认识她
这微笑
比飞机引擎还要强大。
是我们的希望和未来

出院 （4月21日）

医院
的一角
是生命的初始
另一隅
又是生命的终点
生生死死
是一个循环

今天 我
幸而
逃脱其间

鬓发疏还短
行囊药渐多
回头望乡土
一步一蹉跎

诗歌节三首（2020诗歌节 成都—重庆）

诗的命运

听说我要
起程赴诗歌节
一个朋友投来
怀疑的目光
他说——
吃饭不成问题
诗歌大有问题
新诗，即将灭亡
前行，实为倒退
赞歌，就是挽歌

另一位朋友
发来炽烈祝福
他说
人类的灵魂
只有诗来挽救
文化的复兴
只有诗词才可成就

我说
我是一个两面派
新诗旧体

合律出律

我都爱

无论

过去现在或将来

赤裸与酒（写在江津酒厂）

酒厂车间

工人们赤脚露膀

挥汗劳作

这与现代社会和谐吗

但那才是真正的传统

身与酒的融溶 打磨

非此不可

外面

是李白杜甫们的遗韵

还有我老师

翦伯赞的史

冯玉祥的"丘八"诗

如同沃土长出的苔绿

千秋不辍

古与今

诗与酒

结合

是江津的底色

酒杯

——为诗歌节作 在渝州

当我端起古老的酒杯
想起南美丛林的蝴蝶
它展翅可催动彼岸的风暴
而酒杯
有比它更大的神威
它使
弱者奋起 烈士悲歌
英雄末路 权者沉醉
美人伏剑 田园成灰

它可以
激发创造奇迹
引起战争灾祸
可干预美国大选
或
让黄河变清 大海干涸 地球凋零 月亮坠落

如果说
诗是中华文化的基因
酒便是人类精神的血脉

举杯问青天

千年醉几回
让我们挥舞酒杯
和蝴蝶对垒
或者
酒杯把蝴蝶淹灭
或者
蝶翅把酒杯击碎
或二者撞出火花
燃起通天大火
把一切美好摧毁

啊 不要
还不是时候
这世界
还需要酒杯 奖杯和丰碑
让我们
对皎月 对秋花
对朋友 对美人
缓缓地 举起酒杯

脚丫（写于母亲节）

还不会走
母亲捏着儿子的脚丫
想像他能跑多远
后来它
走出乡村
风云万里
如今它
老旧生茧
徘徊喘息

回首来路
全然都变了
一切都没了
而永不消逝的
是
妈妈的微笑
家乡的泥土
泥中的足迹

漓江五了歌

山被白云拦住了，河在山村弯住了。
船被山歌牵住了，脚被青藤缠住了。
心和阿妹连上了。

采风三则

萄萄

像玉籽一样的小葡萄
我想到它的酸涩
但我善于等待
等待它的成熟
我还会再等
等待它酿成美酒
包涵着世事沧桑
和诗的味道

西瓜

我要变成一条小虫
钻进西瓜的深部
为了
享受甜蜜和宁静

蜜蜂

奇特的生灵
勤劳并勇敢
只与鲜花甜蜜为伴
居所环保
秩序井然
他们之间
可有微信相连

忆北郊（1972年北大分配至此工作）

那是青春的浪花

荡漾在历史长河

北郊小黄庄

梦中回望多

钢与木的构架

力与美的结合

炽热的追求

青春的拼搏

曾有困惑

也有欢乐

在人生的长路上

是一段难忘的歌

狗年之冷

在老同学微信圈，有一段文字，描述冬之冷。夸张、想象、幽默谐趣洋溢其中。尤其是"太阳不过是冰箱里的灯"的句子，充满新意，真乃绝妙！吾改写而为新诗。

妈呀！受不了，

这狗年严冬之冷。

不是说地球变暖吗？

这天气，能出来喝酒的都是生死之交，

能出来工作的都是亡命之徒，

能出来约会的都是刻骨铭心的爱情。

太阳还叫太阳吗?
那简直就是冰箱里的灯。
都说风像妈妈的手,
温柔地抚摸着我们。
而这风就像后妈的手,
大嘴巴子往死里扇啊!
据最新科学研究证明,
冷,能使人变得年轻!
不信你到外边站会儿试试,
不管你多大岁数,
都冻得跟孙子一样德性。

题笼中鸟 (2020春)

只知是笼中鸟
不知道他的名字
狭小的空间,
无限的忧思。
即使打破牢笼,
放飞天地,
外面也不过是
更大点的笼子
其实,宇宙
也不过如此!

滹沱河,你回来吧

滹沱河,我故乡的河!
滹沱河,我的母亲河!
　　我们的母亲
　　母亲的母亲
　都在你的怀中哺育
　　　你
　　在我们心中流过
　　　无时无刻
　　　眼前
　　那堆积的沙丘
　　枯萎的碱草
　　惨淡的日落
　　都不是你
　　只是你的躯壳
　　　曾经
　　那　鼓胀的船帆
　　激烈的漩涡
　　柔软的沙滩
　　浑黄的浪波
　　　才是你
　　无束无羁的
　　华北小黄河
　冬日　你明净如练
　　是温柔的少女

夏季 你奔腾如马
骑上一个鲁莽的醉汉
　　激越 雄阔
　　滚动 腾挪
神奇多彩的传说
一水一麦的收获
　　　后来
沧桑百变 捆绑枷锁
　　但不能泯灭
你的轨迹 你的性格
　　历史不容截流
　　更不容干涸
　　回来吧 滹沱
　　　我们等你
　　　　这是
　　时代的呼唤
　　生命的寄托
　　百姓的生活
　　　你回来吧
带着灵动 带着新生
带着丰收 带着欢乐
　　　千里高歌！

放飞

放飞我的灵魂

放飞我的诗情

放飞我的浪漫

放飞我的创意和独思

放飞我的韵律

放飞我的全部

很难想像

诗词的灵性

怎能让网络束缚

怀念 周恩来总理

无诗的纪念

纪念无私的伟人

鞠躬尽瘁 死而未已

永远的周恩来总理

天安门的白花

广袤的大地

相思年复年

燕子声声里

嵌入人心

歌颂翔宇